VeredaS

Ganymédes José

Uma Luz no Fim do Túnel

2ª EDIÇÃO

69ª impressão

DE ACORDO COM AS NOVAS NORMAS ORTOGRÁFICAS

Moderna

1ª edição 1990

Moderna

COORDENAÇÃO EDITORIAL Maristela Petrili de Almeida Leite
EDIÇÃO DE TEXTO Erika Alonso, Luiz Vicente Vieira Filho
COORDENAÇÃO DE PRODUÇÃO GRÁFICA Fernando Dalto Degan
COORDENAÇÃO DE REVISÃO Estevam Vieira Lédo Jr.
REVISÃO Denise Ceron, Rita de Cássia M. Lopes
COORDENAÇÃO DE ARTE Wilson Gazzoni Agostinho
EDIÇÃO DE ARTE/PROJETO GRÁFICO Ricardo Postacchini
ILUSTRAÇÕES Victor Tavares
CAPA João Batista Aguiar
DIAGRAMAÇÃO Paulo Latacz
SAÍDA DE FILMES Helio P. de Souza Filho, Marcio Hideyuki Kamoto
COORDENAÇÃO DE PRODUÇÃO INDUSTRIAL Wilson Aparecido Troque
IMPRESSÃO E ACABAMENTO LIS Gráfica e Editora

Dados Internacionais de Catalogação na Publicação (CIP)
(Câmara Brasileira do Livro, SP, Brasil)

José, Ganymédes, 1936-1990
Uma luz no fim do túnel / Ganymédes José. — 2. ed. — São Paulo : Moderna, 2003. — (Coleção veredas)

1. Literatura infantojuvenil I. Título. II. Série.

02-5929 CDD-028.5

Índices para catálogo sistemático:
1. Literatura infantojuvenil 028.5
2. Literatura juvenil 028.5

ISBN 85-16-03487-9

EDITORA MODERNA LTDA.
Rua Padre Adelino, 758 - Belenzinho
São Paulo - SP - Brasil - CEP 03303-904
Vendas e Atendimento: Tel. (0_ _11) 2790-1500
Fax (0_ _11) 2790-1501
www.moderna.com.br
2012

Impresso no Brasil

1 3 5 7 9 10 8 6 4 2

Este livro é para a família Grzybowski: Carlos, Dágui, Sabine e Lukas. Sem eles, de nada teriam adiantado meus esforços.

Este livro é também para os ex-drogados que me auxiliaram, para todos aqueles que lutam para se livrar dessa escravidão e para os muitos que mantêm acesa e viva a luz da fé na humanidade.

Sumário

O diário de Érica

10 de março

Meu pai nunca gritou comigo. Quando eu era menor ele sempre me pegava no colo, me beijava e dizia: "Como é bonita a minha menina!" Mas a mãe é diferente. Por quê? Ela está sempre nervosa e, por qualquer coisa, perde a cabeça. Eu detesto que gritem comigo. Fico com vergonha, as vizinhas comentam, me dá vontade de morrer! Por que a mãe é assim? Por que ela vive se queixando de tudo? E por que, de repente, meu pai não me abraça mais? É tão chato a gente crescer porque vamos perdendo tudo, tudo. Até o carinho.

22 de abril

A ideia de escrever um diário foi da professora. Ela disse que melhora o Português. Além disso, a gente pode despejar as coisas do coração. Será? Não sei... Não é todos os dias que escrevo o diário. A professora fica zangada, mas eu não ligo. E nem deixo ninguém ler o que escrevi — muito menos ela. Tinha graça! Diário é uma coisa íntima e não é qualquer um que sabe respeitar a intimidade dos outros. Odeio gozação em cima de mim!

27 de abril

Ai, como eu gostaria de ser rica, de morar no centro da cidade, de ter roupa bonita, casa grande, pais diferentes...! Às vezes, acho que a mãe tem razão quando fica nervosa e diz que a vida é uma merda. O pai ganha pouco e o dinheiro vai todo embora no aluguel, na água, na luz, no gás, na comida... e nunca, nunca sobra pra comprar roupa nova ou a droga de um televisor colorido.

3 de maio

Minha irmã Isabel é quatro anos mais nova que eu. Isabel é boba, coitada! Ela chora de medo até de barata. Eu não! Não choro porque não quero que os outros descubram que sou fraca. Morro, mas não entrego. A mãe vive falando que sou orgulhosa, que vou sofrer na vida. Mas a Isabel, com essa humildade, é que vai pegar o dela. Esse negócio de humildade não dá certo. O mundo é dos espertos, e eu juro que ele jamais vai me ver chorando.

15 de maio

Fiquei um tempo sem escrever diário, tirei E em assiduidade. A professora que se lixe, eu não gosto nem dela nem da escola. E daí? As duas são chatas. Principalmente a professora, que não tem desconfiômetro e dá umas aulas iguaizinhas à cara dela.

22 de maio

Ontem, fui à casa de minha colega Betina. Que casa! Também, o pai dela é industrial. Tomamos sorvete, comemos bolo e frutas. O tapete do quarto dela é mais macio que a minha cama. Quando Betina perguntou onde eu moro, tive de desconversar. Como é que eu ia dizer que moro na saída da cidade, perto da favela, rua sem calçar, casa sem forro e que meu pai ganha pouco mais que salário mínimo? Que vergonha! Por que a vida é assim, ricos cada vez mais ricos e pobres cada vez mais pobres? Odeio ser pobre! Morri de inveja das roupas da Betina. Ela tem um guarda-roupa só dela.

22 de junho

Estou apaixonada! O Zé Carlos me beijou! Foi um beijo agarrado, até pensei que eu ia desmaiar de emoção. Aconteceu no intervalo, na escola. No recreio, ele passou por mim e falou que, quando batesse o sinal, eu devia me esconder no banheiro dos meninos, que ia ter uma surpresa. Respondi que não, mas fui. Morrendo de emoção e de curiosidade. Aí, ele apareceu, me agarrou, me beijou e me apalpou o corpo todo. Na hora, senti vergonha, quis gritar mas não tive força. Minhas pernas amoleceram, e eu nem sei o que teria acontecido, se não escutasse a voz do servente, no corredor. Aí, Zé Carlos me empurrou e me mandou ficar quieta. Ele fugiu. Só depois de passada a zoeira é que saí. Eu estava desconfiada de que alguém tivesse visto a gente, mas ninguém viu. Que sorte!

14 de agosto

Briguei com minha mãe. Eu queria uma roupa nova pro meu aniversário. Mas ela falou que não tem dinheiro. Eu disse que eu podia roubar; tenho uma colega que rouba e ninguém fala nada. A mãe me deu um tapa na boca e falou que a gente é pobre, mas é honrada. Bela coisa ser honrada se não vou ganhar roupa nova no aniversário. Que droga de vida! Por aí não andam falando que os pobres podem tomar as terras dos ricos? Então, por que não posso tomar também a roupa dos ricos?

10 de setembro

Fiz catorze anos e não ganhei presentes. Minha mãe me abraçou; eu fiquei com raiva quando ela disse que precisa economizar, que não podia me comprar nada. Depois, de noite, eu vi a mãe chorando e falando pro pai que estava cansada de só trabalhar, trabalhar e nunca ter dinheiro. Ela disse que gostaria de ter feito uma festa e comprado um presente. Fiquei com dó dela e senti remorso. Deitei e fiquei pensando. Que droga de vida é a minha?

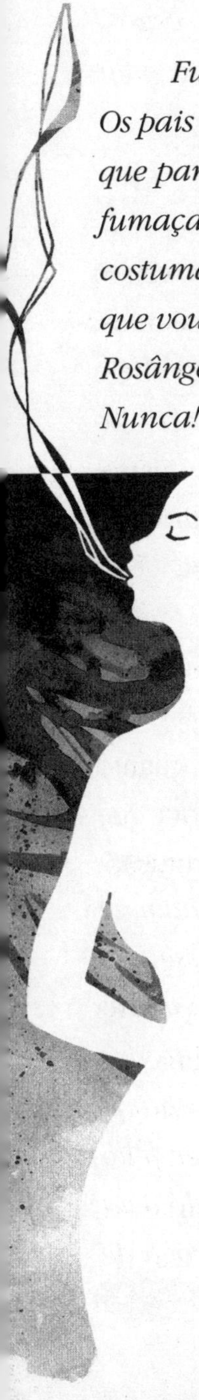

17 de outubro

Fumei. Eu estava com a turma, na casa da Betina. Os pais dela foram viajar. A Betina fuma com tanta classe que parece artista de televisão. Quando engasguei com a fumaça, aquela metida da Rosângela falou: "Gente pobre costuma fumar cigarro de palha". Fiquei com ódio e jurei que vou fumar com muito mais classe do que a Betina e a Rosângela juntas. Não vou deixar ninguém caçoar de mim. Nunca!

10 de dezembro

Acabaram as aulas e só não levei bomba porque os professores se reuniram e deram um jeitinho, como sempre. Quando eu soube do jeitinho, fiquei louca da vida. Eles falaram que eu não podia perder o ano porque meu pai é pobre. Odeio quando me xingam de pobre! Eu preferia mil vezes ter levado bomba do que ser obrigada a passar por essa humilhação.

O ídolo

Lúcio estremeceu de emoção quando se aproximou do banco, na praça. Biriba, um magrelo de olhos saltados, tinha feito o contato. Gás era alto, atlético, loiro de cabelo caído na testa, pele espinhenta. Vestia-se igualzinho naqueles pôsteres que Lúcio tinha nas paredes do quarto: roupa de couro, botas enfeitadas, pulseiras de ouro. Ele mascava chicle. Todo respeitoso, Biriba falou:

— Gás, este é Lúcio...

— O que esse bosta quer? — respondeu Gás, três minutos depois da pergunta.

O coração de Lúcio saltava no peito. Durante quanto tempo tinha sonhado com aquele momento? E agora que acontecia, a língua estava presa. Biriba deu-lhe um cutucão. Lúcio gaguejou:

— Que-quero ser do s-seu bando.

— E o que eu vou fazer com um merdinha como você? Você é feio, baixinho, tem cara de bobo e ainda é gago. No meu bando só tem gente esperta. Os bobos dão trabalho.

— Eu não sou bobo nem gago! Estou só um pouco... um pouco...

— Já afanou algum?

— Roubar? Não. Mas se você quiser, eu roubo.

— Fuma?

— Às vezes.

— Sentaí.

A voz de Gás era dura, mandona.

Lúcio obedeceu. Gás tirou um "fininho" do bolso e acendeu. Biriba, só olhando. Gás entregou o cigarro e Lúcio tragou. Gás tirou o cigarro da boca dele e passou diante do nariz de Biriba. O garoto tentou agarrá-lo, mas tomou um tapa na orelha. Gás caiu na risada.

— Tem de pagar, neném! De graça é que não tem!

— Eu tô duro, Gás! Me deixe dar só uma tragadinha, só uma, que eu faço qualquer coisa pra você!

Nova gargalhada. Com olhos brilhantes, ameaçadores. Gás entregou o cigarro:

— Não esqueça, projeto de gente, que você está me devendo esta e eu costumo cobrar! — disse, levantando-se.

Biriba parecia um louco, engolindo a fumaça. Gás olhou para Lúcio, enfiou as mãos nos bolsos e perguntou com pouco-caso:

— Sentindo alguma coisa?

— Não...

— Quer mesmo trabalhar pra mim?

— É o que mais quero no mundo! — e Lúcio olhou ansiosamente para aqueles olhos maliciosos.

— Está bem. Hoje à noite, um servicinho. Do lado da catedral. Às onze. Mas se me atrapalhar...

— Eu juro que não atrapalho!

Gás afastou-se devagar, gingando. Olhava para as garotas, mexia com elas, assobiava para umas, atirava beijos para outras. Depois que ele desapareceu da vista, Lúcio quase pulou de alegria. Até que enfim, ele ia começar a trabalhar com alguém importante!

A prova de fogo

Faltavam quinze para as onze quando Lúcio chegou à Praça Tiradentes. Em seu estilo gótico, a catedral metropolitana, com suas torres pontiagudas, parecia segurar o céu estreladíssimo. Ele não podia atrasar. Se perdesse a confiança do chefe na noite da estreia...

Ficou plantado na porta lateral da igreja. Quem desconfiaria daquele garoto de quinze anos, moreno, de sobrancelhas grossas?

Dez minutos depois, Gás apareceu com dois guarda-costas que tinham jeito de gorila. De camisa aberta, os companheiros deixavam à mostra, no peito, uma tosca cruz de madeira. Lúcio engoliu em seco. Aproximando-se, Gás pousou-lhe a mão no ombro e disse:

— O que você vai fazer é o seguinte...

Lúcio viu que, tirando do bolso um punhal fino e comprido, os dois gorilas limpavam as unhas. Sentiu medo, mas não se traiu. Gás estourou uma bola de chicle no rosto de Lúcio, deu uma risadinha cínica e ordenou:

— Agora, vai e capricha!

Com a garganta seca, Lúcio atravessou a rua em direção a um barzinho que já estava fechando. Embora não estivesse vendo, parecia sentir nas costas a ponta do aço fino daqueles punhais. Sensação horrível! O coração saltava e o estômago doía. Naquele dilema, pálido como um cadáver, aproximou-se do barzinho. O dono do estabelecimento notou e perguntou se ele estava se sentindo bem. Lúcio respondeu que sim. Nisso, os outros três investiram correndo, empurraram o homem para dentro e disseram: "É um assalto!" Lúcio sentiu vontade de vomitar, mas fechou as portas e saiu. Ficou na calçada, vigiando. Os minutos duraram uma eternidade, até que os três saíram apressados, empurraram o garoto para dentro do fusquinha estacionado na esquina e arrancaram a toda. Lúcio fechou os olhos aliviado, pensando que o pesadelo havia acabado.

Mas não era pesadelo, era realidade. Os rapazes riam, contavam o dinheiro. Lúcio respirou fundo e endireitou o corpo; roçando a mão na camisa de um dos gorilas, sentiu algo visguento. Era sangue! O gorila olhou ameaçadoramente e disse:

— Cortei o dedo.

Os jornais do dia seguinte noticiaram o assalto e a morte do dono do bar. Mas Lúcio nunca soube.

Aquela noite, eles comemoraram com bebidas e drogas. Agora, ele fazia parte do bando; aquela casa no subúrbio também era sua, dela poderia compartilhar. Ali, as normas do grupo eram muito simples: todos tinham de colaborar. Ou com comida ou com dinheiro. Se não ganhasse pedindo, o jeito era roubar.

Lúcio preferia fingir-se de inválido, usava roupas maltrapilhas, falava fraquinho, era bom ator. Porém, uma vez, quando acabava de entrar na cozinha com frutas, levou um murro tão forte na boca que o lábio partiu. Atordoado pela agressão e pela surpresa, viu Gás pisar nas frutas, apanhar a polpa e esfregar-lhe no rosto. Histérico, Gás gritava que queria dinheiro, muito dinheiro. Lúcio jamais tinha visto o chefe daquele jeito. Fora de si, Gás tremia, urrava, comprimia o estômago com os braços e encolhia-se. De repente, saltava, batendo os pés na parede como um gato louco numa gaiola. Os demais olhavam silenciosos, assustados. Junto ao fogão, Isqueiro, de costas, despejava água fervente numa colher onde havia um pó branco. "Depressa, desgraçado, depressa!", uivava Gás, quebrando cadeiras aos pontapés. Lúcio continuou imóvel. Viu quando Gás sentava, estirava sobre a mesa o braço de veias saltadas e cheio de sinais de picadas. Viu a agulha entrar hesitante, procurando caminho entre as carnes, e o líquido ser injetado às pressas. Depois, Gás fechou os olhos e ficou como morto. Lúcio sentiu um calafrio. Dali a pouco, Gás voltou a abrir os olhos e, mais sereno, levantou-se. A camisa estava empapada de suor. Sentando-se numa cadeira, Gás ficou com um olhar perdido, vazio, esquisito.

Lúcio foi lavar o rosto. Quando voltou, Gás ordenou:

— Venha cá!

Lúcio obedeceu e sentou perto dele. Gás fez um sinal, e Isqueiro acendeu um fininho que foi direto para os lábios de Lúcio. Gás ordenou que ele tragasse. A fumaça entrava, a fumaça saía. Foi assim até ficar só no toquinho. A turma contemplava em silenciosa expectativa. Assustado, Lúcio aguardava o que iria acontecer. E a coisa aconteceu de repente, como um soco na boca do estômago, uma dor horrível, um enjoo incontrolável. Lúcio tentou gritar, mas não deu tempo. O vômito subiu aos borbotões, extravasou pela boca, lavou os pés de Isqueiro, que xingou. Lúcio vomitou até perder o fôlego. Queimando, o vômito saía-lhe pelo

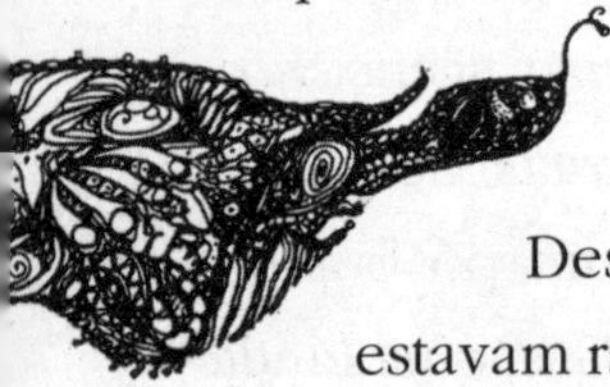

nariz. Quase sem fôlego, o rapaz caiu no chão enquanto os demais riam. Desesperado, tinha a sensação de que lhe estavam rasgando as tripas. Mas o estranho foi quando, de repente, a dor parou de doer e ele começou a sentir um mórbido prazer. Agora, ele ria. Ria de tudo, ria de nada. Ria, despejava nova golfada, ria de novo, as mãos sujas, o rosto sujo, todo ele lavado por uma poça de sua própria imundície. Riu, riu, sentou e começou a brincar com aquela sujeira repugnante.

— Limpe tudo isso, seu merda! — gritou Gás, correndo para abrir a janela e deixar o cheiro sair.

Lúcio obedeceu, embora nem visse o que estava fazendo. "Limpe, limpe, limpe, seu porco!"

Aquela noite, passou-a trancado no banheiro.

As páginas do ano seguinte

6 de janeiro

Oitava série... Não posso acreditar! Encontrei meu velho diário no fundo da gaveta. Desta vez não foi a professora quem me mandou escrever. Eu mesma tive vontade, achei que seria uma boa comparar o que fui ontem com o que sou hoje. Eu cresci. Fiquei muito mais esperta. E, no ano que vem, quero ver o que vou pensar a meu respeito, durante este ano. Como tenho descoberto coisas! Como a vida é misteriosa e esquisita! E olhe lá que ainda não completei quinze anos. O que será que o futuro vai me trazer?

20 de janeiro

Para mim, a Betina era a garota mais feliz do mundo, porque tinha tudo, os pais davam tudo o que ela queria. Mas eu estava enganada. A Betina não era feliz e caiu no vício da droga. Para piorar fez besteira com o Carlão. Quando a família descobriu, fez os dois casar. Uma semana depois, a Betina abortou e, duas semanas depois, o Carlão sumiu. Agora, lá está ela, nem casada, nem solteira, nem viúva, nem desquitada, em uma clínica de repouso. Sabem o que a mãe dela, aquela metida a besta, falou? Que a culpa foi da escola, principalmente das más companhias — eu no meio. Agora, nem atende quando a gente telefona para saber da Betina.

31 de janeiro

Passei o maior vexame da minha vida! Só porque eu estava na venda conversando com o Eduardo, a mãe aprontou um escândalo e até ameaçou bater em mim. Ela gritou que ele é um vagabundo, um traste. Ai, que vergonha! Me deu vontade de fugir de casa! Eu já sou adulta e, se a mãe aprontar outra dessas, juro que desapareço!

10 de fevereiro

Por que a vida não é como uma novela? Nas novelas, tudo é diferente, as filhas fazem o que querem, casam quando querem e, se não der certo, desquitam, partem pra outra. Quando eu falei pra professora que tinha de ser assim, ela encrencou porque é quadrada e moralista. Mas eu sou moderna, acho caretice esse negócio de família. Quando eu gostar de alguém, eu me entrego e acabou. A vida não é minha? Meu sonho é ir para o Rio ou São Paulo, curtir uma boa, faturar alto... Quem sabe ser modelo, ter retrato nas capas de revista? Nas novelas, as moças pobres sempre casam com um príncipe encantado e vão, felizes para sempre, morar nos States. Ai, que emocionante! Todo mundo me acha bonita. Às vezes, fico pensando: quando eu fizer dezoito anos, vou me candidatar ao Miss Brasil. Acho que é uma boa para começar a ficar famosa.

22 de fevereiro

Se eu não tivesse as colegas que tenho, não aguentava mais viver nesta casa. Será que ninguém me entende? A Isabel está cada vez mais insuportável! Ela faz o tipo boazinha, a puxa-saco da mamãe, a santinha. Outro dia, a monstrinha teve a audácia de dizer que eu devia lavar e passar a minha roupa, que a mãe está cansada. Só porque esqueci a roupa suja no chão do banheiro, ela falou que não sou nenhuma princesa e que eu devia trabalhar. Eu largo as minhas roupas onde quiser e, se a mãe sente dores nas costas, azar dela. O pai também devia deixar de ser moloide, arranjar um emprego melhor e ganhar mais dinheiro. Não temos máquina de lavar, televisão colorida, geladeira, forno micro-onda — por isso, morro de vergonha, não posso convidar minhas amigas para virem à minha casa. Isso não é justo!

13 de março

Estou muito infeliz. Pedi dinheiro ao pai pra comprar um tênis último modelo. Ele só deu a metade. Quando falei que aquilo dava para comprar só um pé, ele falou pra eu comprar um modelo mais barato. Expliquei que minhas amigas só usam marcas famosas, enquanto eu vivo de pedaços, pareço a boia-fria da escola. Chorei. O pai me abraçou e disse que a vida está difícil. Senti dó dele e raiva do mundo. O pai falou que eu sou jovem, bonita e que merecia muita coisa. Mas de que adianta ele falar que mereço se eu não ganho?

18 de abril

A Cláudia me contou que a Silvinha está internada, quase morreu de infecção. Ninguém sabia, mas ela estava grávida e foi fazer aborto com dona Honória, que não é nem enfermeira. Daí, pegou a tal infecção e ninguém sabe se ela escapa. Quando a família soube, foi aquele escândalo! Também, a Silvinha é burra! Por que não tomou a pílula? Eu já estou tomando. É só ir à farmácia e comprar. Os farmacêuticos adoram empurrar remédio nos outros. Ouvi dizer que as indústrias farmacêuticas fazem testes de remédios nos brasileiros. Será verdade?

22 de abril

Que raiva! Levei um século pra ajuntar dinheiro e comprar aquela sandália que a televisão mostrava e, quando consegui, já estavam mostrando outro modelo. Agora é uma de tirinhas. O pior é que todas as minhas colegas estão com a tal sandália nova... e eu sou obrigada a usar a velha, a que já saiu de moda.

Outra coisa que me chateou: o pai disse que, como passo o dia inteiro à toa, por que não arranjo um emprego? Poxa, eu estudo à noite, será que isso não vale nada? Fiquei tão sentida! Foi o mesmo que me chamar de vagabunda. Sempre vou dormir quase de madrugada, me sacrifico, aguentando aquelas aulas chatas, aqueles professores chatos, aqueles ônibus mais chatos ainda! E ele quer que eu levante às cinco da manhã para entrar no serviço às oito? O pai e a mãe, que já estão velhos, que se matem de trabalhar. Eu não pedi pra nascer; eles, que me puseram no mundo, que me sustentem!

1º de maio

Não vejo a hora de começar o verão. Odeio o frio! No verão, vou me bronzear, quero passar uma rinsagem nova no cabelo. Quanto mais charmosa eu ficar, mais fácil aparece o príncipe encantado que se apaixone por mim e me leve embora daqui. Foi desse jeito o fim da novela: o avião subindo e levando os noivos pra viverem num castelo, na Europa. Fiquei tão emocionada que chorei.

17 de maio

Faz tempo que venho pensando em meu casamento. Vai ter de ser superbadalado, quero a igreja enfeitada, três damas de honra e três pajens. O bolo? De dois andares, com mais de um metro de altura. Ah, o vestido, todo romântico, vai ser de cetim e renda importada. Também quero uma orquídea em cada ponta do banco. Será que o pai, a mãe e a Isabel vão comprar uma roupa melhor? Imaginem se eles aparecem molambentos... Poxa, iam estragar toda a minha festa!

12 de junho

Nossa, aconteceu uma na escola! A Juçara, todos sabem, não é flor que se cheire. Os professores dizem que ela é malcriada, respondona, briguenta, e a professora de Ciências vive repetindo: "Juçara, você precisa estudar!" Ai, me sobe um sangue! A Juçara trabalha o dia inteiro, é pobre, vive com o tênis furado, e a professora ainda critica dizendo que ela precisa estudar? Está pensando que a coitada é escrava? Pois é, ontem, no intervalo, quando todo mundo estava conversando no corredor, dona Terezinha, aquela chata de galochas, mandou a gente calar a boca. Onde já se viu? Uma servente mandando calar a boca!!! A Juçara, que estava fumando, jogou fumaça na cara dela e nós rachamos de rir. Dona Terezinha foi reclamar pro diretor. Depois, voltou dizendo que o diretor estava chamando a Juçara. A Juçara falou que não ia. Dona Terezinha teimou. A Juçara mandou ela à merda. A coisa engrossou, as duas começaram um bate-boca, a Juçara quis pegar dona Terezinha pelo pescoço. Dona Terezinha correu para a diretoria. A Juçara correu atrás. Nós também corremos porque ninguém queria perder o espetáculo. Dona Terezinha escondeu-se atrás do diretor que ficou branco e não sabia o que dizer. A Juçara começou a jogar cadeiras longe, fez uma guerra! Aí, alguns professores acudiram, mas nem seis deles puderam com ela. Louca da vida, a Juçara pegou a máquina de escrever e jogou no pé do diretor. Que sarro! A gente dobrava de rir; dona Terezinha *chorava, o diretor pulava num pé só, os professores corriam de um lado pro outro e a Juçara parecia uma vaca brava quebrando tudo, tudo. Foi preciso chamar a polícia e, quando levaram a Juçara embora, ela foi mijando pelo caminho. Parecia louca. Andaram falando que ela toma drogas. Será?*

O diretor quebrou o pé.

O vendedor de ilusões

Para fazer com que Donana, a mãe, parasse de reclamar, Lúcio arranjou um emprego como auxiliar de escritório. O patrão era um tal de seu Lima, sujeito chegado aos cinquenta, dono de uma úlcera nervosa crônica e um tipo implicante que queria tudo certinho e benfeito. Mas, apesar do novo serviço, Donana, desconfiada, queria saber por que os olhos do filho estavam tão vermelhos. Lúcio começou a usar óculos escuros e vivia repetindo que era conjuntivite provocada pela poluição.

Na casa eram quatro, pois havia ainda o Marcelo, com onze anos, que trabalhava no açougue, e a Cristina, de oito.

Na escola? Ia de mal a pior. Aliás, quando ele ia à escola, os colegas até aplaudiam de tão raro.

A verdade é que Lúcio não gostava de sentir-se preso, e tanto o emprego quanto a casa e a escola pareciam-lhe cadeia. Ele detestava ter de dar satisfações a quem quer que fosse. Até para a mãe. Quando Donana começava os sermões dizendo que ele precisava estudar, Lúcio tirava um dinheiro do bolso e dizia que era para ela comprar comida. A mãe calava e desconfiava mais ainda. A única satisfação que ele dava — e dava com prazer — era para seu chefe, seu ídolo, Gás.

Biriba havia lhe ensinado o golpe da gilete para esvaziar bolsas. Biriba tinha a mão levíssima! Fazendo cara de tonto, aproximava-se cauteloso das vítimas e, quando elas menos esperavam, zás, passava a gilete na bolsa e, com incrível agilidade, limpava tudo. Ele sempre desaparecia antes que a pessoa percebesse; às vezes, ainda ficava por perto, só para ver quando a vítima se punha a gritar: "Fui roubada!" Cínico, ele rachava de rir. E assim, graças a Biriba, Lúcio também entrou naquela onda. Em pouco tempo, estava tão bom quanto seu mestre. Fazer o quê? Ele precisava de dinheiro para Gás e para comprar seus fininhos.

Entretanto, as exigências de Gás aumentavam a olhos vistos. Ele programava assaltos a lotecas, farmácias, bares e até residências — e Lúcio estava sempre de isca. Cruza, um dos gorilas, vivia reclamando que já estava cheio daquela vida, falava em sumir, em estabelecer-se por conta própria em outra cidade. Além disso, as crises de Gás eram cada vez mais frequentes e perigosas. Quando perdia a cabeça, ele reduzia tudo a cacos; certa vez, ateou fogo ao colchão e tentou matar Isqueiro, que, se não fosse esperto, teria morrido mesmo. Mas, apesar de tudo isso, Lúcio continuava fascinado por seu ídolo e queria ser igual a ele. Falava e andava igual a ele e só não se vestia da mesma forma porque seu Lima jamais permitiria um empregado fantasiado de motoqueiro.

A essa altura, embora não admitisse, Lúcio já era um dependente. Ele não dispensava um fininho, que o ajudava a ter um raciocínio mais claro, um pensamento mais rápido, uma fala mais solta e movimentos tão ágeis que, às vezes, parecia ser feito de borracha. E Lúcio precisava de toda essa esperteza para enfrentar os assaltos. Além do mais, a erva tirava-lhe o sono, aumentava-lhe a autoconfiança e dava-lhe coragem para fazer coisas que, de cara limpa, jamais faria. E, para ganhar dinheiro, nada melhor do que passar a erva. Portanto, em vez de tênis velhos, começou a usar marcas de primeira, roupas finas; gostava de perfumes fortes (ajudavam a disfarçar o cheiro da erva) e joias caras. Aliás, estas eram as mais fáceis de conseguir: bastava observar um passante cheio de ouro, segui-lo e, num momento de distração, depená-lo. Lúcio, porém, jamais usava a mesma joia mais do que três dias, porque a polícia poderia pegá-lo, e isso não seria bom. Vendia tudo por bagatela e comprava mais erva.

Passou a frequentar barzinhos, boates, lugares onde se reunia a moçada, excelente público para a mercadoria. Lúcio sabia que os jovens — pobres, ricos ou remediados — ávidos de emoções, queriam experimentar novas sensações e fugir das antigas. Eles viviam se queixando da escola, da ausência de diálogo com os pais, da vida, da namoradinha, do tédio, da falta de perspectivas para o futuro. Bastava Lúcio aproximar-se, ficar escutando as lamúrias e, depois, oferecer um cigarro, prometendo que a erva afastaria as dificuldades e proporcionaria novas emoções. Afinal, ele era um vendedor de ilusões e sabia o que estava afirmando.

Lúcio ganhou corpo, cresceu um pouco mais, mas não ficou alto. Gás confiava nele, e Lúcio retribuía-lhe com total fidelidade, muito embora já começasse a refletir que seria melhor trabalhar por conta própria, sem precisar repartir os ganhos com ninguém. Mas, lembrando-se do que havia acontecido a Cruza, o garoto tremia de medo. Quando Gás ficou sabendo que Cruza queria abandoná-lo, mandou uma turma dar uma surra nele. A turma largou Cruza desfalecido em algum lugar da Boca Maldita. A notícia que correu depois era que Cruza nunca mais iria andar, porque estava com a espinha quebrada. Lúcio morria de medo de cair nas desgraças de Gás. Por isso, precisava ser muito esperto e saber como fazer as coisas.

Entre dois fogos

De um lado, a mãe, que não perdia chance, estava sempre fazendo perguntas indiretas, tentando descobrir coisas. Lúcio sabia que ela não era boba e vivia repetindo a história de que, às vezes, tinha de fazer hora extra e, por isso, dormia na cidade, no apartamento de um amigo. De outro lado, Gás tornava-se cada vez mais perigoso e, muito contra a vontade, Lúcio era obrigado a aceitar que Gás nunca havia sido sequer o esboço do herói sonhado. A transformação que Gás vinha sofrendo era assustadora! Com o braço cheio de picadas, hematomas, estava cadavérico, com olheiras, e os olhos arregalados conferiam-lhe um ar de loucura. De elegante e elétrico que era, agora falava arrastado, voz pastosa, não tomava banho, fedia em vida. Às vezes, urinava na cama e ficava lá deitado como morto, não permitindo que ninguém o tocasse. Só quando lhe aplicavam uma dose é que voltava à vida, porém agia como um desequilibrado, agredia todo mundo. Lúcio tinha medo e dó ao mesmo tempo. Secretamente, chegou até a desejar-lhe a morte. Além do mais, corria uma velada notícia de que Gás estava com aids, e todos morriam de medo de chegar perto dele.

A ideia de abandonar Gás tanto atormentou que, certa tarde, num desabafo, Lúcio foi conversar com Profeta.

Magrelão, barbudo, de cabelos compridos e ensebados, Profeta fazia artesanato em madeira. Era um passador, mas não um consumidor de drogas. Parecia ter a cabeça um pouco mais no lugar.

— Você está precisando de uma ajuda para sair dessa — afirmou Profeta, enquanto pirografava um S em uma tabuinha de pinho.

— É uma força que não tenho! — disse Lúcio chutando uma pedrinha.

— Antes, você tinha. De onde tirava aquela força?

— Fumava um fininho antes de trabalhar... Aí, vinha a coragem, eu parecia outro. Mas agora...

— Isso quer dizer que você precisa se transformar em um outro ainda mais forte... Um outro que você ainda não conhece.

— De que jeito, cara?

Depois de olhar fixamente nos olhos de Lúcio, Profeta abriu uma gavetinha e tirou uma caixa com comprimidos. Silencioso, enrolou dois deles em um pedacinho de jornal e colocou em cima da mesa de trabalho. Feito isso, deu as costas e continuou a pirografar.

Lúcio começou a suar frio. Os olhos fixos no pacotinho. Lembrou-se de Gás morrendo lentamente em meio àquela imundície.

— Existe uma outra saída... — comentou Profeta, minutos depois.

— Qual?

— Fugir. Igual o Cruza...

Lúcio coçou a cabeça e, a passos lentos, afastou-se. Porém, ao chegar à porta, voltou-se inesperadamente, correu, apanhou o pacotinho e retirou-se sem se despedir.

Caminhou devagar, mãos nos bolsos. E se ele matasse Gás? Às vezes, era ele quem aplicava a droga no chefe. Uma superdose... e pronto! Quem iria culpá-lo? Talvez até estivesse prestando um favor à sociedade...

Lúcio estremeceu, espantado com seus próprios pensamentos. Ele, cometendo um assassinato? Havia chegado a esse ponto? E seus princípios? Deveria haver outros meios menos cruéis. E delatar à polícia? Só delatar não adiantaria. Mas talvez pudesse preparar um plano para que pegassem Gás em poder de droga pesada. Sim, urdir um plano e...

Já estava quase a ponto de tomar a decisão, quando um pensamento o refreou: Profeta sabia de tudo. E se ele fosse interrogado? E se ele abrisse o bico? E se...?

Lúcio parou a caminhada. "Estou ficando um molenga, um bobão, um maricas!" — pensou, zangado.

Com passos firmes, dirigiu-se ao bar da esquina, pediu um refrigerante, tirou o pacotinho do bolso e engoliu o comprimido.

Esvaziada a garrafa, saiu. E ficou esperando. Uma espera longa, angustiosa. A ansiedade obrigou-o a fumar um fininho; na terceira tragada já estava mais relaxado. No fim do cigarro, estava novamente tranquilo.

De repente, um calafrio, uma sensação de choque gelado por dentro. Tomado por um súbito atordoamento, Lúcio sentiu vontade de rir, de explodir, invadido por uma fortíssima sensação de euforia. O mundo havia se transformado em um roque da pesada, tudo voltava a ser jovial e despreocupante como a própria juventude; uma força incontrolável o impelia à vida. O garoto pôs-se então a falar sozinho; palavras nítidas, bem pronunciadas, o corpo mais ágil do que nunca. Onde estava o medo que sentia de Gás? Onde estavam os pensamentos sombrios que até há pouco atormentavam sua consciência? O importante era divertir-se, curtir a vida.

Ali perto, um fusquinha. Não havia mais censuras tolhendo as decisões de Lúcio, tudo havia se tornado permissível, tinham caído por terra as barreiras da moralidade. Ele era livre!

Entrando no carro, fez ligação direta e o fusquinha partiu como um foguete; por um triz não derrubou um motoqueiro que passava. Lúcio explodiu em gargalhada e calcou o pé no acelerador. A vida era como uma tarde no parque de diversões, e ele estava ali para curtir cada momento.

Entardecia. O poente dourado entrecortava as silhuetas dos arranha-céus. Os sinais vermelhos piscavam advertindo, mas Lúcio não estava nem aí. A zoeira, o rádio no máximo, os pneus cantando, rodou, rodou; achava ainda pouco ao ver o ponteiro do velocímetro atingir o máximo. Era a frenética tentativa de erguer voo para ir ao encontro das estrelas. E o mundo a sua volta, se não aprovasse, que fosse para o diabo.

A mão do destino

Acabou a gasolina. Acabou a música. Acabou a euforia. Havia acabado o efeito da droga. Ele se sentia péssimo! Era uma sensação inexplicável, irreal, vazia, algo como descer do céu para o inferno. A lucidez, o raciocínio, a agilidade mental e física haviam se embotado. Perplexo, aturdido, zangado e desconsolado, desceu do carro e deu-lhe um pontapé que afundou a porta. Depois, lutando para equilibrar-se, resolveu ir dormir na casa de Gás. A mãe não poderia vê-lo naquele estado.

Como era de madrugada, não havia ônibus. Lúcio voltou a pé. Cambaleante, trêmulo, cansado, uma interminável caminhada às cegas.

Ao cair na cama, desmaiou.

Acordou com barulho na cozinha. O dia alto. Um gosto horrível na boca. Tinha a impressão de estar podre por dentro. A cabeça latejava, não podia olhar para a luz. Foi ao banheiro.

Na cozinha, Pó-de-Arroz. Depois de uma olhada, comentou:

— Que bode, hein? Você está com uma cara...!

Lúcio puxou a cadeira e sentou. De olhos fechados.

— E o Gás?

— Se os legistas já liberaram o corpo, deve estar no cemitério. Mas, se tinha alma, é certeza que já chegou no inferno!

Lúcio estremeceu.

— Vomitou o pulmão, queridinho — e Pó-de-Arroz acendeu um cigarro, entregando-o depois de uma tragada. — Fume um pouco para reanimar, ou vai cair morto, igual àquele cafajeste. Nossa, foi um escândalo! Até os vizinhos acudiram.

Lúcio tragou a erva, soltando lentamente a fumaça. Pouco a pouco, voltava-lhe a coordenação dos pensamentos. Pó-de-Arroz serviu um café forte e colocou as mãos na cintura:

— Com a morte do pastor, as ovelhas vão fugir pulando; cada uma para um lado...

Lúcio esvaziou a xícara de café. Lembrou-se de que não havia ido trabalhar e que, certamente, a úlcera de seu Lima estaria dando pinotes. Tinha de encontrar uma boa desculpa para não perder o emprego. Decidido, saiu sem se despedir.

Pó-de-Arroz bufou:

— Obrigado, ao menos pelo cigarro, viu, seu grosso?

— Não enche o saco!

Durante o serviço, Lúcio só tinha uma ideia fixa: precisava arranjar um outro local para curtir as suas. Por isso, na hora do almoço, procurou Rogério, que trabalhava no banco. Lúcio passava-lhe erva pura e, agora, havia chegado a oportunidade de cobrar o favor. Um bom negócio para ambos, porque Lúcio poderia pagar o aluguel com entrega de mercadoria de primeira.

Rogério topou. O apartamento era no décimo segundo andar, prédio do centro. Próximo à Rua das Flores, podia-se ver um longo trecho da rua florida que havia tornado Curitiba famosa no Brasil inteiro. Por dentro, tudo muito simples e com uma grande vantagem: Rogério viajava constantemente a serviço, e Lúcio podia ficar ali muito à vontade.

A vida parecia ter-se normalizado. Sua clientela ampliava-se e isso garantia-lhe um bom dinheiro. O público, porém, cada vez exigia emoções mais fortes e, por isso, pedia drogas mais pesadas. O próprio Lúcio já começava a ressentir-se, porque um fininho não era mais suficiente para devolver-lhe o bom humor, o bem-estar, a vivacidade e a coordenação motora. Volta e meia, era dominado pela sonolência, pelo cansaço... Seria preciso encontrar um jeito de fazer perdurar a sensação de esfuziante comunicabilidade para empolgar, convencer e vender mais ilusões. Mas, para tanto, precisava ter um bom passador...

— O Profeta não! — disse, observando atentamente a Rua das Flores, onde os transeuntes iam e vinham. — Eu não quero depender de ninguém! Eu tenho de montar o meu próprio negócio!

Novas páginas no diário de Érica

11 de setembro

Fiz quinze anos! Ao completar essa idade, minhas colegas ganharam joias ou presentes ricos dos pais; os meus me deram um conjunto amarelo, que eu desejava há muito tempo. Não sei como a mãe arranjou dinheiro, mas o presente estava lá, na mesa, quando levantei para tomar café. Fiquei tão feliz! Arranquei a fita, rasguei o papel e corri para experimentar a roupa. Isabel chegou na porta e ficou olhando com aquela cara de boba. Aí, eu desfilei só para provocar ainda mais aquela tonta! Depois, quando eu ia saindo para mostrar a minha roupa à vizinha, a mãe me chamou. Parei e olhei. A mãe estendeu os braços e falou: "Eu queria te dar um abraço e desejar felicidade, filha. Você é tão bonita!" A mãe chorava; eu fiquei emocionada. De noite, quando o pai chegou do serviço, também me abraçou. Não tive festa, mas, pelo menos, ganhei a roupa que eu tanto desejava. Foi um aniversário melhor do que o do ano passado.

10 de outubro

Sábado foi o aniversário do João Gilberto. Ele convidou a turma. João Gilberto é rico e, lógico, eu não podia aparecer como uma judas. Aí pedi pro pai comprar uma calça nova pra mim. Ele disse que não tinha dinheiro, a porcaria da Isabel quebrou o braço, o pai gastou com ela. Aí, pedi pra mãe. Ela falou que precisava pagar o armazém e era pra eu usar o conjunto amarelo. Perdi a cabeça e discuti. A mãe começou a chorar e disse que sou mal-agradecida. Fiquei com ódio da Isabel e fui para a escola sem jantar. Quando minhas colegas souberam, a Eliana ficou com dó de mim, me levou pra casa dela, me pintou e me emprestou um vestido. Fiquei tão bonita! Tomamos uns drinques na casa do João Gilberto, dançamos, e a festa acabou de madrugada. O Romeu me trouxe de moto de madrugada. Acho que a mãe escutou, mas não contou pro pai com medo de eu brigar com ela. Eles estão aprendendo a me respeitar.

20 de outubro

Fiquei todinha arrepiada com o festival de roque. Aqueles conjuntos, aquele som, aqueles "gatos" e aquelas músicas... Agora, eu quero um conjunto de som pra curtir, sozinha, no meu quarto, um som da pesada. O Marquinhos me chamou de macaca colonizada, dizendo que aquilo é música de gringo, que não tem nada a ver com as nossas raízes. Ele quer ser compositor dessas porcarias de músicas populares, que me dão vontade de vomitar! É como a mãe, que fica o dia inteiro com o rádio ligado nessas porcarias, credo! Até parece bar de beira de estrada! Eu, hein? Eu detesto música de gentinha. A Eliana falou que lá nos States, na Inglaterra, tudo é diferente daqui, que os jovens não estão nem aí, que existe liberdade sexual, que todo mundo faz o que quer. No Brasil? Deus me livre! Só porque cheguei com cheiro de cigarro, outro dia, a mãe fez um escândalo! Que coisa mais careta!

17 de novembro

Que noite, a de ontem! Teteu convidou a gente pra um fumo na casa dele, e nós fugimos da escola. Ele é inteligente, contestador, um crânio! Chegando lá, fumamos haxixe, que foi muito usado em Hollywood, pelos artistas, nos anos 20, 30. Teteu explicou que o haxixe é feito de flores secas e femininas de cânhamo, só que tem de ser cânhamo lá do Índico, e a gente pode fumar, mascar, até fazer bebida com essas flores. A tal flor é mágica mesmo porque todo mundo ficou numa boa. Aí, a Neuzinha falou que a gente devia começar um movimento de contestação. Resolvemos, então, sair de carro, cada um com um esprei. O que fizemos? Não sobrou um único muro limpo em toda Curitiba, porque deixamos escritos os nossos protestos: "Viva o chá de cogumelo!", "Deixem os jovens fumar sossegados!", "Abaixo a repressão, queremos liberdade e drogas!" A festa foi até de madrugada; quando cheguei em casa, o dia estava nascendo. Até meu cabelo ficou sujo de tinta. Hoje, estou trêmula por dentro. É por causa dos nervos, todo mundo me enche aqui em casa.

5 de dezembro

A Neuzinha é mesmo superinteligente! Ela disse que nós vivemos em uma sociedade de consumo, que no Brasil nada presta, que tinha de haver uma mudança em tudo. Ela também falou que é injusto uns terem muito dinheiro e outros não terem nada, que tudo devia ser dividido entre todos. Já pensou, de repente, a mamãe aqui recebendo a metade da fortuna de um industrial!? Eu gosto da Neuzinha porque ela não tem vergonha dos pobres, ela vive contestando que este é o país do salário mais baixo do mundo, lugar onde mais crianças morrem de fome e que esse negócio de dívida externa é safadeza do governo sem-vergonha que, em vez de governar, vive passeando de avião de um país ao outro. Agora, a Neuzinha vai visitar o Japão, a Tailândia e a Coreia. Eu pedi pra ela me trazer um relógio digital. Ela é a minha melhor amiga.

O trato

Enfim, após longa e preocupante estiagem, caía a primeira chuva de verão. De uma hora para outra, o céu cobriu-se com nuvens negras como se a Serra do Mar houvesse se agigantado para engolir Curitiba... e o aguaceiro despencou.

Ali, na Praça Tiradentes, colhido pela inesperada batida, Lúcio parafusou os pensamentos, enquanto as pessoas iam e vinham correndo, umas cobrindo a cabeça com sacolas de plástico, jornais, outros, com guarda-chuvas misteriosamente surgidos do nada. Já se respirava o cheiro do Natal através da movimentação nas lojas, das decorações nas vitrinas com laçarotes, fitas, bolas, presentes, papais-noéis. Roupas, malas, sapatos, móveis, aparelhos eletrônicos, brinquedos — o apelo consumista dominava impunemente a época. "Dinheiro, dinheiro, dinheiro!" — pensou Lúcio mordendo os lábios. Não saía barato alimentar o vício. O preço da erva subia gritantemente; era necessária uma verdadeira guerra para conseguir artigo bom, pois a maioria dos passadores misturava folhas de bananeira, enganando o comprador, que não tinha a quem se queixar. E, quando não entregava um bom produto, corria o risco de perder o freguês ou até de ser agredido fisicamente. Lúcio já havia levado alguns sopapos, mas o pior tinha sido aquela moto que, por um triz, não passou por cima dele. Era preciso encontrar um bom fornecedor. Mas em quem confiar naquele mundo de vigaristas?

Pingos de prata dançavam no asfalto. Lúcio sentia-se frágil, vulnerável, precisando encontrar forças de gigante para sobreviver naquele submundo com inimigos de todas as espécies. Era aquele o tipo ideal de vida que ele havia procurado?

Quinze minutos depois a chuva passou, deixando no ar um cheiro de limpeza.

Profeta acabava de remover o plástico negro com o qual havia coberto suas peças artesanais. Mais magro, a barba por fazer, uma encardida boina de lã, unhas pretas saindo das sandálias grosseiras. Lúcio aproximou-se decidido e foi direto ao assunto:

— ... e tem de ser artigo bom, nada adulterado — enfatizou.

— Custa caro! — e Profeta dependurou o nome "Helena" pirografado em pinho. — Os fornecedores pedem ágio.

— De quanto?

— Não é em dinheiro.

— Então em quê?

Profeta deu uma olhada em volta. E cochichou:

— Um revólver.

— Cê tá brincando!?

Lúcio precisou controlar-se, porque se aproximava um menino que pediu o nome "Henrique". Aflito, ficou mordendo as pontas dos dedos, enquanto se completava aquela transação que parecia interminável. Mas Profeta foi quem falou primeiro:

— Se você quer do bom, esse é o ágio. Se não colaborar, não garanto a mercadoria.

Lúcio desesperou-se. Estava sem nada e precisava de algum para aquela noite. Transpirava.

— Eu levo qualquer coisa agora — e enfiou a mão no bolso, retirando o dinheiro. Profeta fez um gesto firme, detendo-o.

— Aqui não, a polícia pode desconfiar. Em frente ao museu, perto da estátua do Barão do Rio Branco. Seis e meia. Meu bói faz a entrega. Agora, dinheiro em cima da mesa.

Aquela noite, metendo-se no macacão azul-marinho com vários bolsos internos, onde carregava porções de erva enrolada em tiras de jornal, as "pernas" de fumo, Lúcio tomou um banho de perfume para disfarçar o cheiro da erva e foi ao Mamma Carissima. Ele precisava fazer muito dinheiro e conquistar novos fregueses.

Ainda naquela noite, ao chegar em casa, Érica pegou o diário, deitou na cama e, depois de morder longamente a ponta da esferográfica, começou a escrever à luz mortiça de um velho abajur:

14 de dezembro

Hoje, no Mamma Carissima, conheci um garoto que mexeu com os meus alicerces. Ele estava com um macacão lindo de morrer! Pensando melhor, os dois são lindos: o macacão e o dono. A gente conversou bastante e ficamos de nos encontrar no sábado de manhã, na Praça Tiradentes. Acho que encontrei o príncipe encantado que vai modificar toda minha vida. O nome dele é Lúcio.

A lenda da Gralha Azul

Sábado de manhã, Praça Tiradentes. Céu azul, sol de verão arrancando lampejos de prata das folhas das árvores. Impaciente, Lúcio esperava no ponto marcado. Depois de consultar repetidas vezes o relógio, viu o ônibus estacionar. Érica desceu. Estava linda! Os cabelos escovados brilhavam como ouro ao alegre sol, a blusa decotada, a saia justa, sandálias brancas, de tiras, contornando-lhe as pernas benfeitas. Ela aproximou-se sorrindo e beijaram-se como velhos namorados. Lúcio olhou fundo nos olhos dela:

— Ei, garota! — afastou-lhe o cabelo caído na testa. — Que cara é essa? Parece triste! Aconteceu alguma coisa?

Érica fez que não, tentou engolir um sentimento amargo, difícil de descer pela garganta e no qual havia pensado durante todo o trajeto do ônibus. Forçou um sorriso:

— Bobagem! Foi só uma lembrança por causa de um sonho...

— Sem essa! Nada de segredinhos entre nós! Você conta as suas tristezas, eu conto as minhas. Quero ver você contente, sabia?

Érica sentiu-se mais animada e seu olhar transformou-se; agarrou-se fortemente à mão do rapaz e puseram-se a caminhar entre a multidão.

— É que essa noite tive um sonho meio alegre, meio triste... — começou, indecisa. — Foi um sonho tão nítido, eu me vi tão bem em meu passado que, quando acordei, não consegui dormir mais. Aí, fiquei pensando naquele tempo da minha vida; já nem me lembrava mais... Eu era uma garotinha, estava com nove anos e estudava numa escola muito gostosa...

À medida que Érica ia descrevendo o sonho, eles dirigiam-se à Praça Generoso Marques, local de muito movimento, no coração da cidade. No meio daquela gente atarefada, ninguém se preocupava em olhar para aquele jovem casal abraçado, aparentemente feliz como felizes parecem ser todos os casais de adolescentes. A praça, de ladrilhos brancos e pretos, tinha ao centro o monumento ao Barão do Rio Branco, bronze em pedestal de granito. Oferecendo um colorido mágico, jardineiras circulares floriam pencas de cravinas e, mais adiante, barraquinhas de teto arredondado, de plástico violeta, faziam penumbra para as flores que ali eram vendidas. Adiante, como uma imponente fortaleza bloqueando a praça, uma construção de três andares, estilo *art nouveau,* do começo do século. À frente, no centro do edifício, uma torre alta, cujo domo abrigava um relógio. No pavimento térreo, seis janelões em arco. No segundo, seis janelões com testeira reta. No último, os janelões geminados lembravam a boca de um palco. Érica olhou para o edifício e parou por alguns momentos. Finalmente, a voz escapou por um fio:

— Foi aí, no Museu Paranaense, que minha professora, Irmã Cecília, nos trouxe, quando eu tinha nove anos. Lembro-me tão bem como se fosse hoje; eu me sentia toda importante porque ia conhecer o Castelo do Passado... Era assim que a Irmã chamava o museu. Você precisava assistir às aulas dela! Como eram gostosas! A Irmã era engraçada, parecia uma feiticeira contadora de histórias; tudo o que ensinava, tudo o que fazia era bonito e mágico! Mas depois, tudo mudou, ela foi embora... meus pais tiveram de me tirar daquela escola e eu não sou mais aquela menininha de nove anos... Meu Deus, por que tudo teve de mudar? Por que meus pais são...?

Érica mordeu os lábios segurando a palavra “pobre”. Já não chegava a humilhação de ser pobre, ainda tinha de confessá-la?

Lúcio deu-lhe um rápido beijo no rosto e forçou um sorriso:

— Fale mais dessa Irmã engraçada!

Os olhos de Érica voltaram a brilhar:

— Irmã Cecília transformou em uma festa a nossa visita ao museu e eu fiquei tão emocionada quando entrei lá! Irmã Cecília tinha razão: por dentro, o museu parecia mesmo um castelo! Nós fomos subindo em fila por uma comprida escada de madeira... eu estava elétrica e tinha a impressão de que, quando chegássemos no próximo andar, iríamos entrar no salão de baile da corte, com o rei, a rainha, as princesas, o príncipe...

— E eles estavam lá?

— Nada! O que havia lá em cima eram apenas coisas mortas, umas esculturas de cimento representando as quatro estações, um busto de mulher em madeira, a carranca de um barco de navegadores de séculos atrás, o retrato de dona Ana Rita, a primeira professora de Curitiba, um piano tão antigo que me encheu de medo porque Irmã Cecília falou que, à noite, decerto os fantasmas do museu sentavam para tocar e dançar...

Caíram na risada. Érica continuou:

— Nossa visita ao museu era para fazermos uma pesquisa e escrevermos uma peça de teatro, que se chamou "A lenda da Gralha Azul". Queríamos representar a fundação de Curitiba, sabe? E a peça foi um sucesso. Irmã Cecília fez no palco uma ilha com pinheiros. Segundo a lenda, essa ilha de pinheiros havia sido semeada, séculos atrás, pela Gralha Azul que Tupã tinha mandado à Terra para formar um bosque onde existissem muitos animais, flores e água limpa. Debaixo das raízes daqueles pinheiros, Tupã havia escondido o Sol e, por isso, existia muito ouro por ali. E sabe quem fez o papel de Gralha Azul?

— Você?

— Já me imaginou, toda de penas, semeando pedacinhos de papel laminado dourado de cima de uma escada?

Eles voltaram a rir. Érica prosseguiu:

— Eu explicava à plateia que aquele santuário verde se chamava *curi typa*, isto é, lugar de muitos pinhões e que era a terra dos índios abapanis, tinguis, caigãs, guaranis e muitos outros. Que nomes difíceis para decorar! Explicava também que os índios teriam vivido felizes ali para sempre se não tivessem chegado os brancos com aquela mania de colonizar.

Atravessaram a rua. Caminhavam devagar, de mãos dadas.

— Os portugueses chegaram de Paranaguá — explicou a garota. — E foram representados por algumas colegas vestidas de botas, chapelão, carregando trabucos

de paus de vassoura. A primeira coisa que fizeram ao entrar no santuário foi fundar um povoamento chamado Vilinha. Era representado por uma igreja de papelão que Irmã Cecília nos ajudou a fazer.

— Os portugueses encontraram ouro?

— Quase nenhum. Por isso, eles desistiram e mudaram para um outro lugar entre os rios Ivo e Belém. Como na verdade eles queriam mesmo era fundar uma nova povoação, procuraram fazer um acordo com os índios que viviam por ali, através do cacique Arakchó, e com algumas famílias paulistas, os Vale, os Seixas, os Andrade, que moravam naquele pedaço. Acabaram escolhendo os campos de Tindiquera e foi lá que ergueram outra capelinha. No lugar da capelinha, está hoje a catedral de Curitiba.

— Irmã Cecília também ajudou a fazer essa segunda capela?

Érica fez que sim e continuou:

— A padroeira era Nossa Senhora da Luz. A imagem, feita por um frei chamado Agos da Piedade, hoje está no museu e foi trazida pelo próprio Pedro Álvares Cabral no navio *El-Rei.* A gente queria que Irmã Cecília aparecesse no palco vestida de Nossa Senhora, mas é claro que ela não topou...

— E aí?

— Ficou sem a Nossa Senhora aparecer. A peça terminava com os portugueses perto da igrejinha de papelão e os caigãs indo embora, ao entardecer, enquanto o cacique Arakchó — representado por uma menina com penas de espanador na cabeça — despedia-se do santuário dizendo: "*Curitim*! *Curi-tim*!" que significa: "Vamos embora depressa!" E para finalizar, assim que os índios saíam do palco, entravam outras meninas vestidas de açorianas, alemãs, francesas, italianas, polonesas e alguns outros povos. Elas dançavam o bailado final dos colonizadores enquanto a Gralha Azul, ainda no alto da escada, jogava mais pedacinhos de papel laminado. No fundo, num grande cenário que todas nós pintamos, aparecia a Curitiba de hoje. Foi tão bonito! Que saudade!

Érica olhou-o demoradamente. Os olhos falavam o que os lábios não se atreviam a dizer. Como confessar a seu príncipe que ela não era uma princesa, que morava num casebre, que os pais não tinham todo o dinheiro para comprar as roupas novas de que ela tanto gostava? Se ele desconfiasse que ela não era uma princesa, será que continuaria gostando dela?

— Eu estava um pouco triste, com saudade desse tempo gostoso que acabou — confessou ela. — Me promete uma coisa?

— Claro! O quê?

— Que entre nós nunca vai acabar! Nunca, nunca, nunca! Promete?

— Pode ficar sossegada — e ele deu-lhe um beijo na testa. — Entre nós nunca, nunca vai acabar!

Uma tarde na cidade-sorriso

Turistas com roupas espalhafatosas tiravam retrato junto ao bondinho da Seitur, na Rua das Flores. Essa rua, na verdade XV de Novembro, há mais de cento e cinquenta anos é chamada Rua das Flores. Ao longo das lojas, bancos, farmácias, bancas de revistas, confeitarias, bares, livrarias, cinemas, agências de viagens, cabinas telefônicas, lanchonetes, joalherias, as flores crescem em pencas em graciosas floreiras. Bancos para sentar e postes de luz com globos redondos emprestam àquele trecho um aspecto extraterrestre. A rua se estende até o edifício dos Correios e Telégrafos, em frente à Universidade Federal do Paraná, onde funcionam os cursos de Direito, Odontologia e Psicologia.

De mãos dadas, Lúcio e Érica passearam por entre aquelas centenas de pessoas que iam e vinham ou simplesmente sentavam-se nos bancos para pegar sol, bater um papo. Depois, Lúcio convidou Érica para atravessar o túnel do tempo.

— Onde fica isso? — perguntou ela admirada.

Lúcio conduziu-a em direção à catedral e, tomando a esquerda, chegaram à Rua José Bonifácio. Uma escadaria de pedras descia em direção à Galeria Júlio Moreira. Pela direita, lojinhas. Do lado oposto, as portas de vidro do Teatro Universitário de Curitiba.

— Agora, prepare-se para testar a magia de entrar no passado! — disse Lúcio, conduzindo-a pela escadaria oposta.

Realmente. Ao saírem, tudo mudava, como se, de fato, tivessem transposto o túnel do tempo e saído no passado. Num espaçoso largo, à direita, casarões compridos espremiam-se junto a sobradinhos que, enfileirados, xerocavam Ouro Preto. Armazéns de portas altas vendiam correntes, arreios, ferraduras, celas; lanternas enfeitavam sacadas de ferro dos sobrados, grandes janelas do tempo dos lampiões a querosene espiavam as fachadas do casario pintado em amarelo-ouro, vermelho-sangue, verde-folha, azul-celeste. No centro da praça circular calçada com pedras mineiras, um bebedouro para cavalos.

— Fico só imaginando este Largo da Ordem no tempo em que as mulheres usavam vestido comprido, quando se viajava em carroças e ainda havia escravos — murmurou Érica, sonhadora, observando à direita a casa de Romário Martins que, conservada em sua arquitetura original, era, agora, um estabelecimento para atividades culturais.

No largo ainda havia a Igreja da Ordem Terceira de São Francisco das Chagas, em estilo colonial e a mais antiga da cidade. O Museu de Arte Sacra ficava anexo. Subia-se pela inclinada ladeira de pedras lisas. O sol, caindo, incidia nos paralelepípedos, arrancava faíscas de luz e tingia de dourado todo o caminho. Lúcio e Érica subiram vagarosamente a Ladeira Claudino dos Santos a observar, à direita, o Colégio Dezenove de Julho, à esquerda, a choperia alemã e, na esquina, imponente como uma fortaleza, a torre da igreja presbiteriana independente. Do lado oposto, o Instituto Goethe, marco da imigração alemã.

Do outro lado da rua, a Praça Garibaldi. Ali, as alegres cravinas pareciam um grupo de jovens camponesas a bailar ao vento e ao som das tarantelas da colônia italiana. À direita, em branco, a Igreja de Nossa Senhora do Rocio com seu toque de meditação; à esquerda, a Secretaria de Cultura, onde tanta gente famosa havia se apresentado. Fechando, lá no fundo, casas de antiquários e o edifício da Sociedade Garibaldi, com seus dois andares de cinco janelões, vigiado por espigados e silenciosos pinheiros.

O jovem casal de namorados caminhou até o centro da praça através de um passeio de pedras portuguesas. Encravados em um barranco gramado, grossos dormentes de madeira improvisavam um tosco e acolhedor anfiteatro de onde se podia divisar, do lado oposto, o colorido relógio das flores.

— Você conhece a história da princesa que mora debaixo do relógio? — perguntou Lúcio, muito sério.

Érica fez que não. Sentaram-se juntinhos no banco de madeira, enquanto o vento soprava brincalhão e os ponteiros brancos iam, devagar, circulando sobre florinhas miúdas. E aí, recorrendo a seu dom de contador de histórias, Lúcio começou a inventar mais uma.

Serviço de todas as noites

Donana continuava desconfiada:

— Seu apetite está cada vez maior, filho. E você não engorda. Por que será?

Lúcio respondeu com evasivas, mudou de assunto, tomou um café rapidinho e saiu antes que o interrogatório continuasse.

Com a chegada das chuvas, as amarílis floresciam amarelas e alaranjadas, transformando praças e jardins em lindos cartões multicoloridos. Pensativo, Lúcio tomou o ônibus. Érica havia prometido estar no Mamma Carissima às dez horas. Até lá, ele tinha de passar alguma erva, porque estava com os bolsos vazios.

Uma vez no apartamento de Rogério, vestiu o macacão de bolsos por dentro, encheu-o de pernas, perfumou-se e saiu. Sábado à noite, ótimo para negócios. Ao longo da Rua das Flores, muitos jovens. Em frente a bares e lanchonetes, mais jovens. Excelente! Lúcio apertou o passo e entrou na Boca Maldita, onde a sombra das árvores e dos coqueiros em plena carga de frutos dourados desenhavam contornos escuros que facilitavam o proibido. Durante o dia, a praça era lugar de encontro obrigatório de pintores, escritores, poetas, repentistas, comerciantes, professores, músicos, filósofos, crentes, ateus, drogados, não-drogados, jornalistas, políticos. Como atração turística, havia um chafariz com amores em cimento. A praça, alegre, com crianças e pássaros durante o dia, à noite tomava um aspecto soturno, local de encontros furtivos, onde muita coisa podia acontecer.

Lúcio reconhecia os fregueses a distância. Num banco, bastou um gesto convencional de um rapaz magrelo, quase imperceptível aos olhos dos demais. A entrega da mercadoria era feita na maior cautela porque, às vezes, como que surgidos do nada, apontavam os policiais. Demonstração de autoconfiança e ignorância de tais fatos eram essencialmente importantes e, para ser um bom passador, o sujeito, além de esperto tinha de ser artista para não se trair com o nervosismo.

Depois de entregar duas mercadorias, Lúcio dirigiu-se a um bar, tomou um sorvete e, no banheiro, entregou outra perna. Fazer negócio com gente de dinheiro era bom: o pior eram os viciados que não tinham onde cair mortos e que, no desespero para conseguir a erva, faziam qualquer coisa por um fininho. Não era difícil que garotas e garotos oferecessem seu próprio corpo, prostituindo-se a troco de um baseado. Lúcio detestava esse tipo de fregueses porque, quando não conseguiam a erva, aprontavam escândalo e ameaçavam informar a polícia. E ele queria evitar toda e qualquer situação comprometedora, porque já havia ido parar várias vezes na delegacia... e sabia que por lá o tratamento não era dos melhores.

Duas outras pernas ele passou a um único freguês e a sexta foi para uma garota grávida. O relógio marcava nove e meia. Se Érica fosse pontual, ele ainda teria tempo para tentar passar as quatro pernas restantes.

A sétima foi para um garoto de treze anos e a oitava, para um cheirador de cola. Sujo, maltrapilho, descalço, Lúcio nem teria olhado para o garoto se ele não tivesse mostrado antes o dinheiro. Com aquele tipo de freguês era necessário esperteza em dobro, porque, quase sempre, ele pegava a erva, puxava o dinheiro de volta e fugia correndo.

A nona perna foi para um sujeito gordo. Às quinze para as dez, um magrelo passou perto de Lúcio e cochichou:

— "Pescoço" no pedaço!

Ele já sabia: policiais pedindo documentos, dando batida. Lúcio sentiu o coração saltar, mas não podia perder a cabeça. Precisava livrar-se da perna que restara e sair da praça. Como? Astutamente, retirou o pacote e enfiou-o por entre os galhos de um arbusto. Depois, controlando-se, meteu as mãos nos bolsos e continuou andando com fingida tranquilidade, enquanto as gotas de suor corriam-

-lhe pelo corpo. Ao passar pelos guardas, não parou. Os guardas também não o detiveram.

Até às onze, Érica não havia aparecido. Chateado, Lúcio viu a polícia ir embora e, então, correu ao arbusto para apanhar a erva. Nada encontrou. Alguém havia sido mais esperto do que ele e, agora, provavelmente estaria fazendo uma viagem grátis.

Fim de ano

Foi bonita e triste a festa de formatura da oitava série para Érica. Bonita porque houve uma bela cerimônia e ela estava linda com a roupa nova que, praticamente, havia obrigado os pais a comprar. E, quando subiu ao palco, foi longamente aplaudida pelos familiares que, humildemente vestidos, sentaram-se em um lugar discreto e distante. Mas a nota de tristeza foi a ausência de Lúcio — ele simplesmente detestava aquele tipo de festa. Entretanto, terminada a cerimônia, alguns colegas se reuniram numa pizzaria para comemorar. E, como não poderia deixar de ser, Neuzinha e o namorado também dividiram as alegrias com eles.

A partir daquele dia, todos os dias do fim de ano foram de festa, pois não houve uma noite em que eles não tivessem saído e comemorado com banhos de bebida e erva. Era como se, de repente, todas as frustrações, tristezas e mágoas houvessem terminado para Érica; o mundo parecia abrir-se diante de seus olhos como o maravilhoso faz de conta com o qual tanto havia sonhado.

Entretanto, a surpresa maior aconteceu à tardinha, na véspera do Natal. Quando ela desceu do ônibus, Lúcio foi ao seu encontro e, depois de dar-lhe um beijo, pediu que fechasse os olhos.

— Tenho uma surpresa para você — disse, conduzindo-a pela mão.

Alguns passos adiante, ele mandou que ela abrisse os olhos. Érica obedeceu e não podia acreditar: os aros prateados da moto faiscavam mais que o sol, ela era inteirinha vermelha como o fogo, espantosamente bonita.

— Meu Deus! — ela deu um gritinho de alegria.

— De agora em diante, senhorita, acabaram os passeios de ônibus. Você tem condução à vontade.

Levada por um ímpeto, ela beijou-o longa e apaixonadamente.

Minutos depois, Érica sentou-se no banco de trás e abraçou-o com ternura. Então, a moto arrancou, e lá se foram os dois contra o vento e contra o mundo. O sol começava a pôr-se atrás das nuvens escuras. A cidade estava especialmente festiva para o Natal, a chuva havia lavado tudo, flores exóticas abriam-se nos canteiros ao longo das calçadas largas; aqui, o jacarandá azulando o chão com o veludo de suas pétalas; adiante, o ipê-amarelo fazendo um violento contraste. E os flamboiãs-vermelhos, as espatódeas alaranjadas, precoces quaresmeiras-da-serra em tons violeta, altas toiceiras de hortênsias, ramalhetes de amarílis bailando nas pontas das hastes, pencas de agapantos brancos e azuis, cravos, petúnias, gerânios, jasmins, gardênias e rosas... As flores também pareciam estar comemorando o Natal.

A moto tomou direção de Santa Felicidade, o bairro italiano. Érica conhecia o pedaço, porém jamais o havia visto com os olhos daquele dia. Era como se ela pudesse enxergar pela primeira vez a magia de sua própria cidade, porque seu coração estava aberto ao amor. Lojas, árvores de Natal, pinhas, guirlandas, música, igrejas com as portas abertas esperando o Nascimento, pessoas sorrindo a carregar pacotes de felicidade, abraços, brindes, vinho, guloseimas... "O mundo podia ser sempre bonito assim!" — pensou ela, abraçando-se mais fortemente a Lúcio.

Ao longo da Avenida Manoel Ribas, passaram pela Casa dos Gerânios, um sobrado que, com vasos floridos à janela e telhado de chocolate, quebrava a realidade para trazer um pedaço da Suíça. Bares, cantinas, churrascarias com os fornos acesos, mergulharam novamente em um pedaço da Itália encravado em Curitiba.

A certa altura, a moto derivou para a esquerda, e eles atravessaram um largo portão. À frente, uma cantina que lembrava um forte com suas amuradas e torres circulares.

— O Madalosso? — admirou-se ela com um sorriso vasto.

— Pensou que a gente ia comemorar o Natal onde? — respondeu ele com ares de muita importância.

Muita gente, luzes, à entrada um pinheiro de Natal que chegava ao teto, luzes pisca-piscando, bolas de vidro, laçarotes, música, vozerio, um apetitoso cheiro de carnes assadas pelo ar. A mesa que havia sido reservada ficava junto a um balcão de vidro, de onde se podia observar lá fora.

Enquanto aguardavam servir a ceia, Lúcio serviu um copo de vinho cor de sangue. Depois, fizeram um brinde.

No momento em que desceram os copos, Érica olhou-o bem de perto, bem de frente, e confessou algo, encabulada:

— Eu amo você!

O fundo musical era *Natal branco*. E lá fora, mansamente, começou a chover.

O cavaleiro coroou a sua rainha

Último dia do ano. Faixas anunciando liquidações, pessoas apressadas, a agonia de pinheiros nas vitrines para sustentar o já acabado sonho do Natal, mendigos, música nas lojas para atrair fregueses indecisos...

Ao abrir-se o sinal, a moto barulhenta avançou e por um triz não colheu um garoto distraído. Pedestres solidários agruparam-se para acudir o menino e, unânimes, adjetivaram os motoqueiros de irresponsáveis. Mas Lúcio nem olhou. A sensação de poder, força e coragem que a moto lhe imprimia era mais importante do que a vida de um moleque. Ele sentia-se senhor do mundo porque, antes de sair, havia fumado um puro e tomado meio copo de vodca para ajudar. Dessa maneira, ele se transformava em gigante numa terra de pigmeus.

Érica o aguardava impaciente na pracinha. Expressão zangada, ela remoía a irritação de um novo bate-

-boca acontecido em casa. A mãe havia começado com perguntas, e Érica havia respondido atravessado, dizendo aos berros que a vida era dela e que ninguém tinha nada com isso. A coisa havia chegado a tal ponto que o pai, tomando a defesa da mãe, havia apontado condenatoriamente para a porta da rua dizendo: "Se você não sabe mais respeitar esta casa e prefere seus amigos, então vá e fique com eles de uma vez!" Tapando os ouvidos e sentindo uma vontade imensa de nunca mais colocar os pés em solo paterno, Érica fugiu correndo. Ah, ela precisava de um cigarro para ficar mais tranquila, para desligar-se, para ser capaz de tomar a decisão de mandar o mundo inteiro, inclusive os pais, para o inferno. E, para piorar, sentia-se fisicamente mal, o sol parecia fogo, quase a deixava cega, nem os óculos escuros conseguiam dosar a luz que lhe queimava os olhos terrivelmente.

Nisso, uma buzinada, um ronco, um "Olá, gatinha!", e Lúcio estacionou a moto. Antes que ele falasse, Érica agarrou-o pelos braços:

— Estou péssima, estou horrível, eu quero morrer! Faça alguma coisa para me ajudar! Depressa, depressa!

— Epa, você está numa pior mesmo! — comentou ele, enfiando os dedos no bolso da camisa e tirando um comprimido. Antes que o entregasse, Érica tomou-o e engoliu a seco. Enquanto isso, Lúcio acendia um fininho.

— Fume um pouco...

Trêmula, ela agarrou o cigarro como se fosse a salvação, levou-o aos lábios e tragou, segurando a fumaça nos pulmões. Érica fumou sofregamente até o fim, quando, então, começou a mostrar-se mais descontraída. Ao atirar longe o toco, ensaiou um sorriso:

Já estou melhorando...

— Então, suba aí na moto e vamos aproveitar a vida. A tarde havia se tornado magicamente deliciosa. A moto voava pelas avenidas, costurava entre automóveis, tirava fino de passantes, buzinava para assustar os distraídos. Os jovens namorados se dobravam de rir. Só depois de se cansarem de tanta aventura é que resolveram parar para um descanso. O local escolhido foi junto às ruínas da Igreja de São Francisco, na Praça João Cândido. Naquele ponto místico, em meio a uma praça moderna, havia um rústico teatro de arena com bancada de dormentes de madeira. O esqueleto das ruínas evocava um fantasma do passado, um paredão inacabado de quase metro de espessura, pedras amareladas superpostas, obra jamais concluída. As torres e a nave encontravam-se fechadas por portões de ferro para evitar a danificação dos vândalos. A vegetação agreste crescia aqui e ali, inclusive nos vãos das pedras, contando, em cada ponto, uma história.

Érica sentou-se nos dormentes, enquanto Lúcio se pôs de pé em frente às ruínas, que improvisavam um cenário evocativo e barroco.

Moreno, pele bronzeada, os cabelos negros de Lúcio brilhavam acetinados. Embalada pelos sonhos e pelos esfuziantes efeitos da droga, Érica viu diante de si o cavaleiro andante de muitos romances. Em sua reluzente armadura de prata, espada em punho e nobre fronte, o campeão declamava odes a sua rainha, enquanto os arautos soavam as trombetas para anunciar o torneio. Ela, a dama da túnica de seda, os longos cabelos engri-naldados por gotas de pérolas, acabava de receber a coroa de louro e ouro que, amarrada com um lenço, seu eleito lhe entregara, coroando-a rainha do torneio.

O sol começou a afundar-se. Lúcio contava agora a saga do templário que, tendo partido de Paranaguá, havia cruzado a Serra do Mar em busca de sua eleita na terra do ouro de Tupã. Ele somente se calou quando o sol apagou suas luzes e a primeira estrela se acendeu, engastalhada no ramo de um pinheiro. Então, a magia da noite fez *sir* Lúcio aproximar-se de sua querida dama, beijando-a com ternura. Érica abraçou-o e, assim, rolaram ambos na relva macia, amassando-a no jogo do amor.

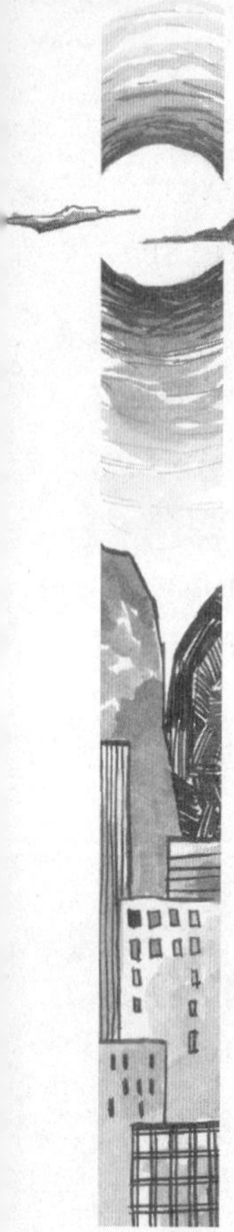

Verão de fogo

Janeiro calorentíssimo e seco. As pessoas passeavam à vontade, de bermuda, camiseta ou mesmo sem camisas. Aproveitando-se da onda, a televisão anunciava bronzeadores. Érica foi uma das primeiras a comprá-los e passava horas ao sol, deitada no quintal de sua casa, porque não era sócia de clubes. As chuvas haviam misteriosamente cessado — anunciavam o veranico, época de seca em meio à estação chuvosa — e isso danificava as lavouras. A onda alarmista dos noticiários televisivos insistia no rompimento da camada de ozônio, o que causava uma maior incidência de câncer de pele, bem como aumento da tempe-ratura, graças ao efeito estufa, o que era grandemente ampliado pelas queimadas na Amazônia. Para Érica, porém, aquilo era uma realidade tão distante que ela nem sequer ouvia as notícias agourentas.

No trabalho, Lúcio produzia cada vez menos. Seu Lima já havia advertido: "Se você continuar nessa indolência, vai acabar no olho da rua!" E o chefe tinha razão. Passados os efeitos da droga, Lúcio mergulhava em uma forte sonolência, a fraqueza tirava-lhe o ânimo. Quando não conseguia mais se controlar, trancava-se no banheiro para fumar um. Quase sempre, o reforço vinha com um pouco de aguardente e, para disfarçar, ele chupava balas de hortelã.

Vinte de janeiro. O telefone tocou. Lúcio atendeu e sua expressão sonolenta logo se transformou em sobressalto quando, do outro lado, a voz disse:

— Sua duplicata está vencida. Você vai ou não vai pagar?

No momento de euforia, em que havia comprado a moto, Lúcio havia assinado títulos que agora venciam. Ao desligar o telefone, sentia-se derrotado. Se ele devolvesse a moto, Érica jamais o perdoaria.

Mas não tinha dinheiro. As economias, a zero. E seu Lima falava em perda de emprego. Pedir emprestado a quem?

Ficou tão deprimido que teve de fumar mais um. Quando voltou à sala, o patrão mandou que fosse entregar um documento.

Para chegar ao endereço, Lúcio foi obrigado a atravessar a Boca Maldita. Caminhava tão distraído que nem escutou quando o chamaram. Duar, um altão desengonçado, precisou agarrá-lo pelo braço. Ao vê-lo tão bem-vestido, o cabelo tratado, calça elegante, camisa de etiqueta famosa, óculos modernissimos, Lúcio até perdeu a fala. E pulseiras de ouro, correntes, um brinco de diamante na orelha esquerda...

— O papai aqui descobriu a mina — disse Duar, girando um chaveiro prateado.

— É, pelo jeito você descobriu a mina sozinho — concordou Lúcio, ainda sob o impacto da surpresa

— Posso saber quais são os seus negócios?

— Um servicinho fácil, gostoso e sobre o qual você não precisa pagar imposto — riu Duar, cínico. — É só enfiar a grana no bolso e partir pra outra. Sou um garotão de aluguel, entende? Pagando bem... pode me levar.

— Nossa! — e Lúcio deu um passo para trás. — Alguém tem coragem de pagar para ficar com você?

— Por que não? Pessoas carentes não exigem muito, o que cair na rede é peixe. Além disso, até que o visual do papai aqui está numa boa, não concorda? Eu sei como agradar os fregueses.

— Quem te viu e quem te vê!

— Eu já tenho alguns ajudantes, porque os negócios estão ampliando e é preciso aproveitar. Escolhi os melhores. Se algum dia você se interessar... — e enfiou um cartãozinho no bolso da camisa de Lúcio.

— Eu? Deus me livre! Você acha que eu sou disso?

— Ninguém sabe o dia de amanhã, e se você precisar de uns extras... O negócio dá uma grana violenta, amigão!

Lúcio não respondeu nem se despediu. Simplesmente se afastou, pensando que Duar havia ficado louco. E seus pensamentos voltaram ao problema anterior: ele tinha de arranjar dinheiro para pagar a prestação da moto.

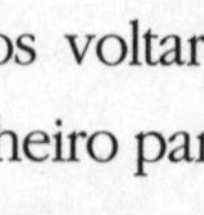

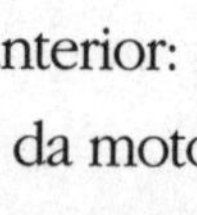

A hora da decisão

Nova cobrança. Trancado no banheiro, Lúcio procurava controlar-se, fumando mais um. No estômago, apenas uma xícara de café e meio copo de vodca. A mãe continuava fazendo perguntas perigosas. Mas o pior era Érica...

Pelo vão do vitrô olhou o céu. Os pensamentos fluíam desordenados, porém conscientes. Que mentira quando bêbados ou drogados invocam que não sabem o que estão fazendo! O álcool e a droga não passam de desculpa porque, embora se perca o controle dos comandos, no fundo permanece acesa a luz vermelha, que seleciona o certo e o errado. Lúcio precisava de dinheiro, mas vender droga da pesada ele não queria. Roubar? Não tinha gostado das experiências anteriores. A luz vermelha continuava firme e condenadora. Quando pensava em prostituição, porém, a luz vermelha titubeava. Donana falava muito em pecado, palavra intimamente ligada à Igreja, à moral e a Deus. Entretanto, os amigos — e quase todo mundo que ele conhecia — caçoava ao ouvir falar a palavra "moral". Diziam ser algo rançoso, ultrapassado, ridículo, uma castradora força repressora inventada pela religião que, com isso, mantinha seu poder. Em criança, Lúcio acreditava piamente em tudo o que a mãe e a Igreja diziam. Mas, na adolescência, as coisas haviam começado a mudar. Tinha tido um professor que defendia a liberdade total. Dizia ele que aos adultos competia apenas respeitar os jovens sem forçá-los a nada; conforme suas palavras os jovens tinham o irrestrito direito de usar o sexo e as drogas com a intensidade que melhor lhes aprouvesse para testar todas as gamas de emoção e poder escolher livre e realisticamente o caminho que desejassem seguir no futuro. Tal postura levantou grande polêmica na escola, os alunos adoravam aquele professor, mas pais e direção haviam se colocado frontalmente contra. Se o professor tinha razão, prostituir-se para fazer a felicidade de alguém — e assim também pensava Duar — até que seria plenamente justificável, pois resultava benefício para as duas partes: dinheiro e felicidade. Afinal, amar não era um ato de paz? Mesmo que fosse amor comprado, era amor — e todos só falavam em amor! — o grande destruidor da violência.

Depois de muito ponderar, pegou o cartãozinho e foi à procura de Duar.

Lúcio foi muito bem recebido por Duar e admirou-se com o conforto do apartamento em que o rapaz vivia. Depois de muito conversarem, Duar levantou-se, dirigiu-se a um móvel e, abrindo uma gaveta, tirou um revólver prateado.

— Este é o meu fiscal — disse em tom aparentemente brincalhão. — É ele quem cobra de meus colaboradores a metade do que cada cliente lhe entrega. É lógico que, com você, nem precisamos pensar neste fiscal. Ele fica guardado aqui apenas para situações de emergência... quando o carinha começa a mentir e não quer colaborar, você sabe...

Lúcio só ficou à vontade novamente depois que o revólver foi fechado na gaveta. Duar serviu-lhe um trago e, em seguida, abriu uma caderneta de capa vermelha.

— Está bem... quer trabalhar para mim e tenho uma freguesa especial para você... Chegando ao motel, apresente o meu cartão, que o gerente coloca na conta. Mas não se esqueça de, ao sair, assinar a ficha de controle. E tem mais: só uma hora, entendeu? Se quiserem mais, o preço é dobrado.

— Está bem...

— Use a sua imaginação, garoto. Quanto mais habilidoso você for, mais agrada o freguês. E com isso terá mais trabalho, mais gorjetas...

Pouco depois, Lúcio retirou-se. Duar fechou a porta. O corredor estava vazio. Lúcio sentiu uma dor tão forte no estômago que parecia ter levado um soco.

Amarga experiência

Lúcio não ficou só naquela experiência. Duar tinha razão: se soubesse fazer a coisa, poderia render-lhe muito dinheiro. Com esses extras, conseguiu pagar as prestações da moto e adquirir uma arma. E com uma arma, cobrindo o ágio exigido pelo Profeta, recebeu erva de primeira. Que mais poderia desejar?

No apartamento de Rogério, desdobrou a metade da erva em canudos de jornal e escondeu a outra metade em um saquinho de café, que depositou em cima da caixa da descarga, no banheiro. Ao anoitecer, meteu-se no macacão azul-marinho, colocou as pernas nos bolsos internos e regou-se com perfume para disfarçar o cheiro da erva. Depois, saiu em direção à Boca Maldita.

Eram nove e meia quando escutou uma gritaria e logo compreendeu tudo: batida da polícia. Quatro carros haviam chegado ao mesmo tempo e, em uma operação simultânea, fecharam a praça. Lúcio escondeu as pernas num arbusto e tentou fugir, mas, daquela vez, não teve sorte. Seu caminho foi barrado por um policial alto e taludo.

— Você vem com a gente — disse.

— Por quê? Eu não fiz nada! — exclamou o garoto, procurando manter o autocontrole.

— Então, cuspa no chão quatro vezes.

Lúcio tentou, mas não conseguiu cuspir nem duas. Uma das características do uso da erva é a boca seca. Diante do resultado, o policial empurrou-o para o camburão, dentro do qual já havia alguns jovens e, pouco depois, rodavam para a Delegacia Antitóxicos.

Em meio aos recolhidos havia uma garota que gritava como louca. Todos os jovens foram conduzidos por um longo corredor, onde muitos policiais montavam guarda ostensivamente. Depois de terem sido levados para uma sala, um policial começou a entregar recipientes a cada um.

— Todo mundo mijando nos vidros. Primeiro, as moças.

Duas investigadoras levaram as garotas para a sala ao lado. Aquela que gritava continuava aos berros. Agora, estava transpirante e cadavericamente pálida.

— Não estou com vontade de mijar — desafiou um dos rapazes, quando o policial indicou que podiam iniciar a operação.

— Eu acho bom você mijar por bem — disse o policial com firmeza. — Ou vai acabar fazendo cocô também.

Toda a urina colhida deveria ser enviada para o Instituto Médico Legal, onde seria examinada, pois traços da presença de droga podem ser encontrados até vinte e quatro ou quarenta e oitos horas após o seu uso. Com relação ao LSD, só pode ser detectado até seis horas ou doze — em alguns casos — após seu consumo.

Depois, sentaram-se todos em bancos ao longo do corredor, onde ficaram aguardando a vez para ser ouvidos. Lúcio sentiu que as forças começavam a fugir-lhe. Agora, sentia medo, porque sabia que ali dentro aconteciam coisas terríveis, como surras, castigos, ameaças e até provas forjadas.

De repente, abriu-se a porta da delegacia e entraram três pessoas: um casal acompanhado por um sujeito de meia-idade, elétrico e nervoso. A mulher, vistosa e coberta de joias, já havia entrado aos prantos. O homem, elegante e autoritário, ameaçava: "Vocês não sabem com quem estão lidando! Eu exijo que soltem a minha filha!"

A filha era a garota que havia gritado até ficar caquética. Agora, ela estava sentada no banco, inerte, olhos arregalados, boca aberta, expressão sem vida. Quando a viu, a mãe ergueu os braços, correu, ajoelhou-se, abraçou a filha, lamuriando acusadora:

— Monstros! O que vocês fizeram com a minha filhinha? Por que ela está assim? Façam alguma coisa! Ela vai morrer!

— Ninguém fez nada para a sua filha — declarou uma investigadora energicamente. — Foi ela mesma quem se drogou com alucinógenos.

— Mentira! Vocês é que deram droga para ela! A minha filhinha não é viciada! Eu mato vocês!

Foi preciso a investigadora falar duro para conter aquela mãe desvairada. Furioso, o pai ameaçava céus e terra, jurava que ia processar o delegado e pedir a sua transferência. Acompanhado pelo advogado, entrou no gabinete e, do corredor, todos podiam ouvir os berros lá dentro. Até que escutaram um murro que o delegado deu na mesa:

— Por que vocês, pais, nunca admitem que seus filhos consomem drogas? Não seria mais fácil aceitar a realidade e tentar mudar as coisas, ajudando-os, em vez de se enganar dizendo que o que estão vendo é uma farsa?

O tom das vozes foi baixando. Passava o impacto.

— Se não agimos, vocês nos acusam de moloides e coniventes — continuou a autoridade. — E, se agimos, a mídia e a opinião pública nos acusam de violência. Será que o senhor não entende que não fui eu quem obrigou sua filha a se drogar? Foi ela quem escolheu esse caminho e deve ter os seus motivos. Por que vocês não tentam saber quais são?

— A minha filha não é uma viciada! — afirmou o pai, incisivo.

— Eu não afirmei que ela é! Estou apenas dizendo que ela foi apanhada em uma batida e o exame de urina comprovará se consumiu ou não droga. Quanto ao resto, os senhores é que devem tomar uma decisão. A delegacia de polícia não é uma casa de recuperação de drogados!

Pouco depois aquelas pessoas retiravam-se. A filha saiu carregada nos braços do pai.

Lúcio foi o seguinte. Enquanto transpunha a porta, o coração disparava. Ao vê-lo, o delegado torceu o nariz:

— Você de novo?

— Eu não fiz nada! Juro que não fiz!

— Seu vagabundo do inferno, você nunca admite que fez alguma coisa! Quantas outras vezes já não esteve aqui pelo mesmo motivo? Sabe o que vai acabar acontecendo com você? Um dia, vai se dar mal e aí nós vamos trancá-lo num cubículo com dez, quinze marginais da pesada! Você é capaz de imaginar o que eles vão fazer com um galãzinho metido a besta como você?

Lúcio empalideceu. O delegado mudou de tom:

— Sabemos que, além de viciado, você é passador. Agora, escute bem o que lhe digo: você é seu pior inimigo, porque está se suicidando lentamente. Mas acho que você não quer entender... Só vai entender no dia em que a droga matar alguém de quem goste, a quem ame de verdade... Mude de vida, cara! Por que não tenta nos ajudar? Que tal umas dicas para podermos desmantelar uma quadrilha?

— Eu não sei de nada! Não conheço quadrilha nenhuma!

— Então, a droga que você passa cai do céu?

— Eu não passo droga!

— Está bem, em vez de herói, você prefere continuar sendo cafajeste — declarou o delegado, olhando para o investigador. — Carlão, já que nosso convidado insiste, sirva a ele um cafezinho.

Quando Lúcio saiu da delegacia, segurava um lenço para esconder o rosto. O nariz e os lábios sangravam pelos bofetões que havia recebido.

O inesperado

O Carnaval havia passado como se um arco-íris de cores e fantasia houvesse descido à cidade. Samba, descontração, folia, desfiles, bailes — a loucura imperou, e Lúcio fez um bom dinheiro também com lança-perfumes. Quem podia controlar a multidão em transe? Que importava se, ocasionalmente, caísse alguém desfalecido ou morto? Os plantonistas de hospitais maldiziam a obrigação de se manter a postos, enquanto outros viajavam, e a mídia reportava momentos de desvario onde, não raro, a droga, o álcool, a malícia e a violência desfilavam de mãos dadas, compondo manchetes sangrentas e mórbidas.

Depois, o reinício das aulas. Érica matriculou-se no curso de magistério só porque Neuzinha havia optado por ele.

A Semana Santa encerrou uma Quaresma que, apesar de ser época de penitências, em nada alterou a rotina das atividades de Lúcio. Entretanto, a consequência daquela vida acabou caindo sobre sua própria cabeça, porque a paciência de seu Lima esgotou-se, e Lúcio perdeu o emprego. Ele não comunicou o fato à mãe. Sabia que, se o fizesse, não teria mais sossego.

A entrada do outono trouxe uma neblina preguiçosa que envolvia a cidade com flocos de algodão. O pessoal caminhava encurvado; dos guarda-roupas saíam os casacos, as malhas, as calças compridas, as botas. De manhã, o sol fazia força para vencer a barreira das brumas e a televisão anunciava ondas de frio vindas do Ártico.

Érica andava muito mal-humorada, ultimamente, e mais faltava do que assistia às aulas. Se a mãe perguntava alguma coisa, ela respondia zangada. Não raro, ficava longo tempo diante da janela, observando a natureza, a fumar um cigarro atrás do outro. Neuzinha era a fiel companheira que a visitava constantemente. Mas a mãe de Érica não gostava daquela garota, nem achava bom quando as duas se trancavam no quarto e ficavam horas e horas na conversa. O mau humor de Érica também teve repercussão na escola, pois, a troco de nada, discutia ou alterava-se com professores. Até com Lúcio ela estava agressiva e impaciente. Volta e meia, separavam-se agastados um com o outro.

Certa manhã, quando a mãe estava colocando a mesa para o café, Érica, enrolada em uma manta de lã, apareceu na porta do corredor. Havia passado a noite acordada e estava pálida, com olheiras, desgrenhada.

— Eu estou grávida — declarou.

A xícara caiu das mãos da mãe e espatifou-se no chão. A mulher ficou tão pálida quanto a própria filha.

Quando o pai chegou do trabalho, a verdade veio à tona. Isabel ficou escutando atrás da porta. O pai fechou os punhos, zangado, porém não moveu um único músculo do rosto. Apenas perguntou:

— Quem te fez isso?

Érica não queria revelar. O pai não alterou a voz. Aproximando-se da filha, colocou as duas mãos em seus ombros e olhou-a de um modo que Érica nunca tinha visto. Os olhos dele brilhavam sem ameaçar, porém confundiam-na. Frágil e desamparada como estava, Érica levou as mãos ao rosto e, desatando a chorar, contou tudo. O pai mandou que ela se vestisse.

— Para quê? — perguntou a menina, atrapalhada.

— Vamos arranjar o seu casamento — foi tudo o que o pai respondeu.

O casamento

Por tratar-se de menores, foi pedido suprimento judicial para a realização do casamento. A autorização demoraria algumas semanas. Durante o tempo da espera, Érica ficou em casa. Não tanto por exigência dos pais, mas porque se sentia confusa e fisicamente mal. Ora ouvindo música, ora sentada no alpendre, ora deitada, os pensamentos enfileiravam-se diante da espantosa verdade de trazer uma vida dentro de seu corpo. No começo, havia sido tentada a livrar-se daquele incômodo fruto, e Neuzinha até se propôs a arranjar quem executasse o serviço. Mas Érica hesitou, lembrando-se do que acontecera a várias amigas que tinham escolhido aquela saída. Algumas haviam confessado ter sentido dores terríveis, enquanto outras quase tinham morrido em consequência de trabalhos malfeitos. Mas teria sido só por isso? Não poderia ter sido também um rasgo de ternura pelos fetos que eram impiedosamente assassinados? Érica tinha ouvido relatos de arrepiar, como o de indefesos fetos tirados do calor do ventre materno para ser jogados em vasos sanitários, afogando-se no gélido jato d'água. Ou que tiveram a cabeça arrancada nas manobras para retirá-los. E aquele médico que tinha cães policiais, aos quais jogava os fetos para serem comidos sem deixar vestígios? Érica lembrava-se de uma amiga que, depois de abortar, havia jogado o feto no quintal. A criança da vizinha tinha visto tudo e correu para saber do que se tratava. Mais tarde, revelaria inocente: "Encontrei uma bonequinha, lá no fundo. A bonequinha mexia a boca, queria falar, mas não falava. Peguei um pauzinho e brinquei com ela. Aí, a bonequinha parou de mexer a boca. Acho que ela morreu."

Confusa, insegura, preocupada, Érica fumava um fininho atrás do outro, porque queria deixar de preocupar-se. Neuzinha trazia a erva, que Érica guardava dentro de uma caixa de sapatos em cima do guarda-roupa.

No dia do casamento, ao chegar à igreja acompanhada dos pais — Isabel também foi — Érica estava excessivamente pálida. Vestia um comprido agasalho de lã, calças jeans, tênis. Na cabeça, um gorro, onde, antes de sair, Neuzinha havia espetado uma margarida.

Lúcio a esperava ansioso, acompanhado pela mãe, sofrida e envergonhada. Ele também estava com um blusão de lã, vermelho. Ao vê-la, sorriu, estendeu a mão e deu-lhe um beijo na testa.

O interior da igreja estava escuro e gelado. Não havia tapete, flores, nem música. Eram apenas seis pessoas, sem contar o padre.

O sacerdote falou algumas palavras a respeito de "o que Deus uniu, que os homens nunca separem". Nem Érica nem Lúcio prestaram atenção. Estavam de mãos dadas, um transmitindo calor ao outro, olhando-se nos olhos, amando-se em meio a suas misérias. De vez em quando, o monótono sermão era quebrado pelo crepitar das velas.

Terminada a cerimônia, os noivos saíram na frente. A cidade estava afundada em brumas. O pai segurou o rosto da filha, beijou-a e, depois, com voz embargada, falou a Lúcio:

— Cuide bem dela!

A mãe também beijou a filha. Depois, o casal afastou-se pela direita.

Érica, Lúcio e Donana seguiram pela esquerda.

Uma primavera sem flores

A casa de Donana era mais humilde. Érica não gostou, mas era ali que teria de viver. Donana tentou ser boa sogra, porém Érica ainda achava pouco. Desmazelada, mal-humorada, indisposta e resmungona, reclamava de tudo, sofria enjoos, vivia trancada no quarto. Sua única visita era Neuzinha. De vez em quando, Érica ia visitar a mãe, mas voltava ainda mais deprimida. Não pegava uma vassoura, não lavava um prato, não preparava uma peça de enxoval para o filho que ia nascer. Só ficava menos tensa depois de fumar um. Então, ligava o rádio, às vezes cantava, parecia feliz. Mas bastava acabar o efeito da erva...

Certa tarde, Donana extravasou-se com Lúcio:

— Sua mulher não deve fumar do jeito que fuma. É um cigarro atrás do outro, a gente nem pode respirar quando entra no seu quarto. O cigarro faz mal para a criança.

Lúcio deu risada e chamou a mãe de careta. Donana insistiu:

— Essa menina tem coisa, eu não sou boba! Um dia está alegre como um passarinho, outro emburra como mula empacadeira. O jeito de falar, os olhos vermelhos, ela esquece tudo... Filho, ela não pode continuar assim! O que está acontecendo com ela?

Lúcio não ouviu. Diante disso, Donana resolveu conversar diretamente com a nora. Érica ficou revoltada, xingou a sogra de ignorante e intrometida. Donana ergueu a voz. Érica gritou e terminou o espetáculo trancando-se no quarto. Quando Lúcio chegou, queixou-se soluçante:

— A sua mãe é uma bruxa! Ela jogou praga em mim! Ela disse que, se eu continuar fumando desse jeito, nosso filho vai nascer doente!

Depois daquilo, Donana resolveu não falar mais. Começou a fazer o enxoval para o neto, já que a nora não se importava.

Os meses foram se arrastando. Terminado o inverno, a primavera trouxe mais calor à terra. Certa tarde, quando Donana estava passando roupa, escutou um grito no quarto da nora e correu. Deitada, com as mãos na barriga, os olhos arregalados fixos no forro, Érica gemeu:

— Eu acho... que o nenê vai nascer!

— Vou pegar suas coisas e nós vamos para o hospital.

— Não! Daqui não saio! Estou com medo! Eu quero a minha mãe!

Donana correu à vizinha do lado e pediu-lhe que desse um jeito de telefonar para avisar a mãe da garota. Depois, voltou ao quarto. Teimosa, Érica não quis saber de hospital. Donana, correu à vizinha da frente e implorou ajuda. A vizinha havia sido parteira de fazenda. Ela acudiu e, depois de ver o estado de Érica, disse:

— É tarde para hospital. Temos de dar um jeito por aqui mesmo.

Donana descorou:

— O que vamos fazer?

— Primeiro, pedir a Deus que nos ajude. Depois, ferver água, pegar panos limpos, tesoura, barbante e um vidro de álcool.

Ventava frio, a tarde caía e a mãe de Érica não chegava. Eram cinco da tarde quando a criança chegou ao mundo. No momento em que contemplou o recém-nascido, a parteira fez uma expressão de espanto. Donana sentiu uma pontada no coração.

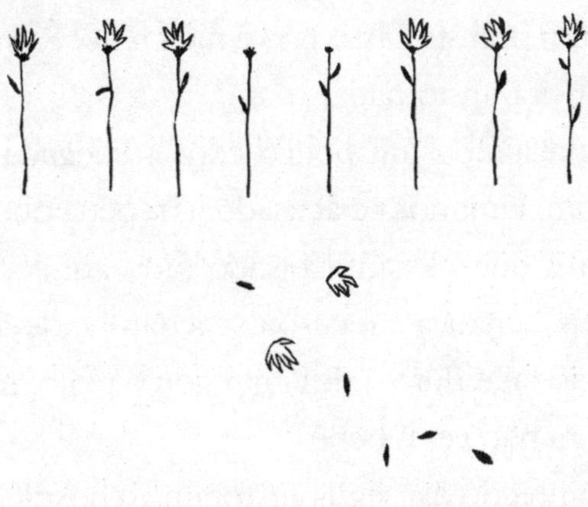

Paralelas de sangue

— Quero ver meu filho... — gemeu Érica, olhos fechados, quase sem forças.

— Melhor você descansar um pouco — sugeriu a parteira.

— Eu quero ver meu filho agora! — insistiu a garota, autoritária.

A parteira olhou para a avó. Donana mordeu os lábios. A parteira apresentou a criança. Quando Érica a viu, soltou um grito de pavor. Sem mãos, os braços do bebê terminavam na altura do cotovelo e o crânio apresentava uma profunda depressão. Parecia partido.

— É um monstro! Isso não é meu filho! É um monstro! — gritou Érica transtornada.

Só se acalmou um pouco com a chegada de Lúcio. Mesmo assim, lamuriosa e acusadora, repetia que as pragas de Donana é que haviam causado tudo aquilo. Érica não queria pegar a criança e recusou-se a dar-lhe de mamar. Foi preciso Lúcio falar duro. Érica entregou o peito, mas fechou os olhos para não ver o bebê.

Na manhã do dia seguinte, foram ao hospital. Quando o médico perguntou se Érica havia tomado drogas, ela respondeu que havia consumido muitos comprimidos para dor de cabeça. O médico declarou direto e seco: "Seu filho jamais teria nascido assim apenas por causa de comprimidos comuns. Você consumiu droga. E muita!" Érica protestou, gritou que o médico estava inventando coisas e retirou-se ofendida. O médico, porém, conversou longamente com Lúcio, explicando que a criança não tinha chances de sobrevivência e que seria melhor deixá-la internada no hospital. Depois, perguntou à queima-roupa: "Você também é viciado em drogas? Uma criança desse jeito só pode nascer de pais drogados!"

Finalmente, Lúcio saiu do hospital. Estava consternado e sofrido. Depois de deixar Érica em casa, afogou o remorso com erva, álcool e comprimidos.

A morte da criança, uma semana depois, de certo modo foi um alívio. Neuzinha tentou ajudar Érica a esquecer-se do triste incidente, fornecendo-lhe ácido alucinógeno. O resultado não demorou a aparecer: às vezes, no meio da noite, Érica levantava-se e punha-se a cantar, a gritar, a chorar, a comportar-se de um modo inexplicável. Donana ficou irritada e saiu outro bate-boca. Érica pegou suas coisas e foi para a casa dos pais. Mas os pais a mandaram de volta, porque, agora, ela era mulher casada e deveria ficar com o marido.

Nesse clima de sobressaltos, angústia e inquietação, chegou novamente o fim do ano. Mais uma vez as lojas se enfeitaram com pinheiros de Natal, e a decoração festiva voltou a tomar conta de Curitiba.

Certa noite, Lúcio e Érica saíram de moto para se divertir. Donana estremeceu quando a moto arrancou. Todas as vezes que os dois saíam de moto Donana ficava agoniada.

Érica estava tremendamente ligada, pois havia ingerido álcool e ácido. O grupinho reuniu-se numa pizzaria e tamanho barulho fez que constrangeu os fregueses. Quando saíram, o gerente da cantina respirou aliviado. O grupo passeou pelas ruas, fez brincadeiras, mexeu com as pessoas. Neuzinha estava esplendidamente eufórica, a ponto de subir em um banco e lançar sua candidatura a prefeita nas próximas eleições. Foi longamente aplaudida. Estava uma noite quente, colorida. Os faróis dos carros cortavam as ruas como prolongamento das lâmpadas das árvores de Natal, tudo era alegria mágica de uma história de Papai Noel. Érica sentia-se como uma criança que, com ansiedade, aguarda o momento para abrir seu presente. Onde estavam os presentes? Eram aqueles pontos de luz dependurados nos postes, nos pinheiros, ou aqueles passeando apressados pelas ruas, como lanternas levadas por um coro de anjos? E então, de repente, Érica resolveu roubar ao anjo uma daquelas irrequietas luzes.

Uma transeunte levou as mãos ao rosto e emitiu um grito. A buzina de um carro disparou. Ouviu-se o baque surdo de um corpo sendo atirado a distância, e o sangue vermelho, espesso, traçou duas paralelas no asfalto.

O fundo do poço

Protegido pelo raibam que lhe escondia as olheiras e os olhos vermelhos, depois do funeral, Lúcio dirigiu-se ao bar mais próximo e tomou uma dose dupla. Em seguida um fininho e um comprimido.

Começou a queda vertiginosa. Para não cair na realidade e não ser vítima da saudade, do remorso, era preciso consumir drogas em quantidades cada vez maiores. Desesperançada, Donana não sabia o que fazer, nem podia suportar a caminhada do filho rumo à autodestruição. Aventurou-se a sugerir:

— Lúcio, ouvi dizer que existe uma casa que cuida de pessoas... nervosas. Por que você...?

— E quem está nervoso, mãe? Quem está precisando de ajuda? — revidou irritado. — Eu estou numa boa. Não dá pra perceber?

— Dá! — e a custo Donana reteve as lágrimas. — Até já estou me vendo segurando as alças do seu caixão, porque sei que vou enterrar você ao lado de sua mulher e filho!

Lúcio vendeu a moto para comprar drogas. Para ele a realidade já não mais existia. Volta e meia, tinha visões. Certa vez, encontrava-se em um ônibus quase vazio. Dali a pouco, notou que a garota à sua frente começava a derreter-se, transformando-se em arara e, depois, em gambá. O cobrador se transformou em uma seriema de olhos azuis, um passageiro se transformou em jacaré e outro, em cobra. Também o ônibus tomou a forma de uma jaula, onde aqueles animais uivavam, grasnavam, rosnavam. Até o motorista se pôs a latir! O horror de Lúcio chegou a tal ponto que, sem pensar no que fazia, deu um salto e fugiu gritando, distribuindo sopapos e pontapés. Na corrida pisou no pé de uma mulher, que começou a gemer. Desnorteado, atirou-se do veículo que, por sorte, estava numa subida e deslanchava devagar.

— Drogado! — comentou alguém.

— A senhora está bem? Quer ir a uma farmácia? — perguntou o motorista, vendo sangrar o pé da vítima. A mulher disse que não.

— A juventude está perdida! — exclamou um dos passageiros. — Deviam fuzilar todos esses vagabundos que se enchem de drogas!

Lúcio continuava fugindo, até que viu uma enorme baleia aproximar-se buzinando. Falou um palavrão, a baleia passou a toda, deslocando tanto ar que quase o atirou ao chão. Resfolegante, ele entrou em um bar, onde pediu pão com carne e um refrigerante. Engoliu a bebida de uma vez, enquanto o garção olhava incrédulo. No momento em que levava o sanduíche à boca, Lúcio atirou-o à parede, gritando enojado:

— Sapo! Vocês me serviram pão com sapo! Vão para o inferno!

E novamente fugiu.

Não tinha noção do tempo enquanto via os prédios se encolherem até ficar do tamanho de caixotes, automóveis se derreterem como copos de sorvete. De madrugada, ao voltar de ônibus para o apartamento, onde voltou a viver após a morte de Érica, viu, no interior do veículo, os passageiros se transformando em pardais e teve um acesso de riso. Nem soube como chegou ao apartamento. Assim que entrou, tudo ficou às escuras... e ele apagou-se como uma lâmpada.

Seu estado piorou tanto que, certa ocasião, a mãe explodiu:

— Eu não sei mais se você é gente ou demônio! Onde está o meu filho, o meu braço direito que, desde a morte do pai, tomou a chefia desta casa? Lúcio, olhe bem para você! Você é outra pessoa! Nem banho toma, não faz a barba, não responde quando eu falo, não encontra serviço, virou um lixo! É isso que você quer da vida?

Donana mordeu os lábios e procurou controlar-se. Mudou de tom:

— Filho, eu já disse pra você que existe uma casa onde as pessoas se recuperam...

— Recuperam do quê? — indagou ele, furioso.

— Das drogas! — gritou Donana a plenos pulmões. — Das malditas drogas que você usa e não quer reconhecer! Você precisa de ajuda! Então, por que não deixa alguém ajudar?

Rindo bobamente, ele saiu de casa. Donana começou a chorar. Em seu desatino, Lúcio andou sem direção, a cabeça ressoava como um tambor, ele pisava alto, parecia não mais fazer parte deste mundo. Numa praça, encontrou-se com Daniel, um velho amigo, que lhe deu a notícia de que o Quim havia careteado. Em outras palavras, Quim havia abandonado o vício para virar gente quadrada de novo. "Tem uma casa aí que recebe drogados" — comentou Daniel com um ar de zombaria. "Quim esteve lá uns tempos e disse que saiu zero quilômetro. Você acredita nisso?"

Aquela pergunta ficou martelando na cabeça de Lúcio. Tão insistente que ele não viu o ônibus aproximar-se e, por um triz, não foi esmagado.

Não sabia para onde ir nem qual caminho pegar. Havia fumado cinco fininhos e não sentira o efeito. Numa farmácia comprou uns comprimidos, mas, mesmo tomando três com um copo de pinga, não adiantou. Falar com quem? Ele era uma sombra no mundo dos vivos.

Acabou batendo à porta do apartamento de Duar. A porta se abriu, mas Duar barrou-lhe a entrada.

— Preciso de dinheiro... — disse Lúcio com voz pastosa. — Me ajuda!

— E o que você está pensando que eu sou? — perguntou Duar com repugnância. — Olhe bem pra você, que está fedendo em vida! Por causa das suas malditas drogas, você sujou a minha barra com muitas freguesas porque, na hora H, não deu no couro. E quem quer a companhia de um galo capão? Vá cantar noutra freguesia! Quer se matar? Então, vá bater no portão do cemitério!

Não havia outra alternativa e Lúcio voltou para a casa da mãe. Só pensava na compoteira de vidro, onde Donana guardava as economias. Lá chegando, levado pelo desvario, abriu o guarda-comida, pegou a compoteira e furtou todas as economias que encontrou. Depois, fugiu como se sua própria consciência o escorraçasse. Quando deu acordo de si, estava esmurrando a porta da casa de Profeta.

— Preciso de erva pura! — falou Lúcio autoritário, assim que a porta se abriu. — A última que você me vendeu era misturada, não valia nada! Eu quero erva pura! Está me escutando?

Profeta não respondeu. Dirigindo-se a um armário, abriu a gaveta. Lúcio transpirava, boca seca, respiração arfante. Viu quando Profeta lhe apontou uma arma:

— Caia fora sem fazer barulho, ou arrebento os seus miolos! — ameaçou Profeta, sem alterar a voz. — Se me acusarem, direi que tive de me defender de um drogado. Nem vou pegar cadeia!

Apavorado, Lúcio caiu de joelhos e, metendo as mãos nos bolsos, virou-os pelo avesso, deixando cair todo o dinheiro que tinha.

— Pelo amor de Deus, fique com tudo o que tenho, mas me ajude!

Ao ver o dinheiro, Profeta baixou a arma. Depois, entregou três pernas. E pôs Lúcio para fora.

Ali perto, no banco de uma praça, ele fumou uma perna e guardou as outras cuidadosamente no bolso. Pouco depois, começou a sentir-se melhor, mais animado, e dirigiu-se a um bar para um café.

Mais adiante, encontrou uns amigos que estranharam ao vê-lo tão magro. A turma estava conversando a respeito de drogas e drogados. Com isso, veio à tona o assunto de que um amigo deles havia sido levado à força para uma clínica caríssima. Eles riam e divertiam-se, zombando da tola atitude dos adultos que lutavam para tirar os jovens do contato com as drogas.

Depois que se despediu, ao atravessar a rua, Lúcio ouviu que o chamavam. Um *hippie* desesperado pedia-lhe fumo. Lúcio disse que não tinha. Zangado, o jovem acertou-lhe um soco no rosto e, num piscar de olhos, os dois rolavam na calçada. O desespero concedia ao agressor uma força incrível e, no corpo-a-corpo, as duas pernas da erva caíram do bolso de Lúcio. Ao vê-las, o agressor atirou-se sobre elas, apanhou-as e fugiu correndo.

Sentado na calçada, nariz sangrando, atordoado e infeliz, Lúcio escondeu o rosto com as mãos e começou a chorar.

Sou Deus! Sou Deus!

Mal Lúcio entrou em casa em busca de um pouco de paz, recebeu da mãe um bofetão.

— Ladrão! — gritou Donana, fora de si. — Tem coragem de roubar o dinheiro da comida de seus irmãos? Confessa, cachorro, confessa!

Aturdido, Lúcio ergueu os braços para defender-se das taponas, pois o nariz tinha voltado a sangrar. Transtornada, Donana continuava:

— Irresponsável, vagabundo, sem-vergonha, covarde que não presta nem pra morrer! Eu preferia você no cemitério do que ver meu filho como ladrão, maconheiro, assassino dos filhos dos outros que, pra piorar, tem o descaramento de roubar da própria família! Você não presta! Você não é meu filho! Você não saiu da minha barriga! Desapareça! Vá embora desta casa, vá pro inferno, se é que o diabo quer você lá!

Lúcio fugiu desnorteado. Não tinha dinheiro nem para o ônibus. Começou a chover, mas ele nem sentia. Onde estava? Queria sentir-se gente na multidão, mas, mesmo no meio das pessoas, continuava distante, solitário, infeliz. Não havia quem pudesse ajudá-lo? A única muleta de que dispunha eram alguns comprimidos, que engoliu a seco, ali mesmo. Continuou caminhando até sentir que a droga começava a fazer efeito; os automóveis diminuíram de tamanho, a cidade transformou-se em um autorama e ele sentiu-se como um vitorioso piloto de Fórmula 1. Na Praça Tiradentes, entretanto, a coisa mudou. Quando olhou para os atlantes e os leões que suportavam o segundo andar do museu, apavorou-se ao vê-los criar vida à medida que sinistros e insuportáveis acordes vindos de não sei onde quase lhe rompiam os tímpanos. No momento em que os terríveis seres se aproximavam para supliciá-lo, inesperadamente se transformaram em uma revoada de carrancudos anjos, à medida que o museu se elevava, tornando-se um lúgubre, punitivo e assustador templo gelado. Movendo os lábios, sem emitir som, alguns anjos convidavam-no a entrar no sinistro lugar. Outros, porém, sugeriam que ele deveria fugir. Atônito, Lúcio correu e refugiou-se em um ônibus. Mas, quando acreditava que poderia respirar aliviado, percebeu que os passageiros estavam em prantos, como se em um velório. Lúcio pensou em perguntar ao motorista o que havia acontecido, porém, ao ver-lhe o rosto, estremeceu: o homem estava descarnado como um cadáver putrefato! Apavorado, saltou do veículo em movimento, chocou-se com pessoas, caiu e rolou pela calçada. Jacarés de bocarras abertas tentaram abocanhá-lo. Lúcio correu, correu sem direção até que, exausto, sentou-se no banco de uma praça deserta. Mas nem ali a tranquilidade durou muito, porque uma das árvores, tomando a forma de um repelente ser verde, aproximou-se com a chibata na mão. Tinha olhos de cobra, chifres de bode, pés de cabrito e sorria diabólico, maldoso. Exalando um cheiro pestilento, começou a golpeá-lo, arrancando lascas das carnes de Lúcio. A dor cortava como navalha.

— Eu vou levar você! — gargalhava o ser.

Empapado de suor, olhos esbugalhados, Lúcio protestava:

— Não, pelo amor de Deus, não me leva!

— Já comprei você a bom preço e agora tenho de levá-lo!

Um enxame de seres nanicos com cabeça de melancia aplaudiam, vomitando baba vermelha.

— Eu vou sair daqui! — gemeu Lúcio, desesperado, incapaz de erguer-se.

— Não, você é meu e não deixarei!

De repente, Lúcio viu que de seus poros fluía um líquido quente e viscoso, como se seu sangue fugisse incontrolavelmente. De novo tentou levantar-se, mas não conseguiu. Quanto mais se esforçava, mais se imobilizava. Era como se alguma maldição o transformasse em nada. Com supremo esforço, pôs-se a bradar:

— Sou Deus! Sou Deus! Sou Deus!

Finalmente, num derradeiro arranque, conseguiu levantar-se e fugiu correndo.

Caminhou a esmo até avistar uma luz. Havia anoitecido. A luz cantava como um coro angelical. Lúcio dirigiu-

-se até ela. Era um templo. Ficou longamente parado à porta. A luz cegava-lhe a vista, porém uma radiante tranquilidade repousava-lhe a alma.

Lúcio não entrou. Descrevendo inesperada meia-volta, afastou-se tropegamente. Os ecos de seus passos perderam-se ao longo da calçada.

Cara a cara

Deprimido e solitário, Lúcio dirigiu-se ao apartamento de Rogério para um banho. Talvez uma ducha fria produzisse o efeito do desentorpecimento.

Tirando a roupa, sem querer viu sua imagem refletida no espelho e levou um choque. Aquele corpo mirrado, as costelas saltadas, os ombros caídos, a pele anêmica, a expressão envelhecida eram mesmo reflexo dele? Os olhos vermelhos, olheiras escuras e até rugas — aquela patética figura era Lúcio? Teria se transformado em seu próprio espectro?

Eu sou um drogado... — murmurou incrédulo, enquanto por sua mente desfilavam mil recordações, dentre elas a de Gás agonizando em meio a suas próprias imundícies.

De repente, uma incontida força subiu-lhe pela garganta e, com um grito acusador, histérico, apontou para a própria imagem refletida:

— Você não presta! Veja no que você me transformou! Eu quero que você morra e vá para o inferno!

Levando as mãos à cabeça, começou a chorar. Quando voltou a olhar pelos vãos dos dedos, não pôde acreditar no que via: a imagem tomava vida própria, os olhos brilhavam satânicos e a expressão era a mesma daquela disforme figura verde que o havia açoitado:

— Você construiu seu próprio inferno — declarou o ser com voz melíflua. — Por que agora se queixa, se está colhendo o que espontaneamente plantou? Você não se julgava mais inteligente que todo mundo? E indestrutível? Os demais não são quadrados? Pois aí está, estampada em sua própria carne, a sua ideologia de vida: você não passa de um monte de carnes podres que pertencem a mim!

— Não!

— Você se arrastará para beijar os meus pés e será eternamente meu escravo!

— Sou de Deus! Sou de Deus! Sou de Deus! — gemeu Lúcio, ofegante, tapando os ouvidos.

— Não seja ridículo, invocando aquele em quem você não acredita! Liberdade, lembra-se? Provar de tudo para escolher, voluntariamente, seu próprio caminho. Agora não adianta invocar a Deus. Você é meu.

— Não, eu não sou seu! Eu quero ficar do lado do bem.

— Mas este é o lado certo de acordo com sua escolha, patife! Não é a liberdade que importa? Não é o gozo de todas as emoções que traz a felicidade? Eu exijo a sua carcaça!

— Sou de Deus! Sou de Deus! — e Lúcio caiu de joelhos. — Vá embora!

— Só irei levando você.

— Sou de Deus! Sou de Deus! Sou de Deus! — repetia ele, desesperado, roçando a testa no piso do banheiro.

— Pare de invocar esse nome, idiota! Deus despreza você!

— Não! Sou de Deus! Sou de Deus! Deus perdoa, porque ama! Sou de Deus! Sou de Deus! — repetia ele, o coração acelerando, a pulsação aumentando, pés e mãos gelando até que lhe sobreveio uma terrível e insuportável dor no peito.

Perdendo a consciência, Lúcio tombou em frente ao espelho.

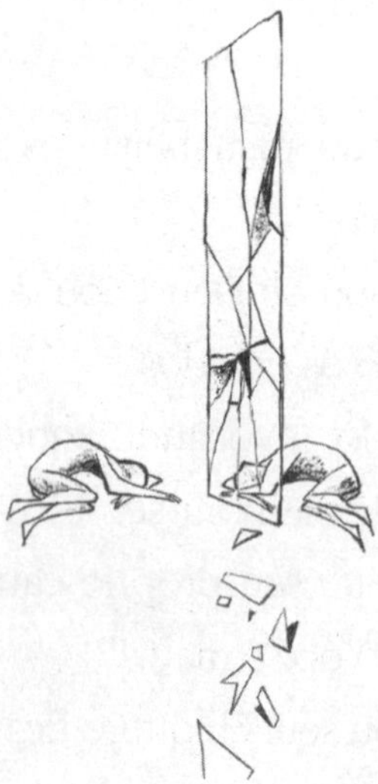

Marcos

Solitário e agoniado, Lúcio passou uma noite terrível. Rogério, em férias, estava no interior. De manhã, mal conseguindo manter-se em pé, tomou uma xícara de café frio e densamente açucarado, mas o estômago revoltou. As mãos tremiam, a cabeça latejava, as pernas vacilavam. Mesmo assim, saiu à rua sem saber onde pedir ajuda. Apesar do calor, sentia arrepios de frio e, por isso, estava agasalhado com um velho blusão. Como um sonâmbulo, dirigiu-se ao ponto de ônibus e entrou no primeiro que passou, sem se preocupar para onde estava indo. As pessoas o olhavam com certo espanto e repugnância. Quando desceu, Lúcio se pôs a caminhar vagarosamente. Não sabia onde se encontrava. Em sua caminhada a esmo, a certa altura, começou a ouvir um órgão. Ele gostava de música e foi ao encontro do som. Foi indo, foi indo, até que encontrou uma porta. A música vinha lá de dentro. Lúcio entrou. Era um templo, mas ele nem percebeu. Havia cadeiras, o lugar estava vazio, ele estava muito cansado, a música fazia-lhe bem. Sentando-se em uma das cadeiras, fechou os olhos e ficou ouvindo... ouvindo...

Estava entre o sonho e a realidade, quando sentiu a mão que lhe pousava no ombro. Estremeceu, abriu os olhos:

— Marcos!?

Um sorriso largo, emocionado. Os dois se abraçaram fortemente. Depois, Marcos, velho amigo, sentou-se ao lado do antigo companheiro e começou a narrar todas as suas aventuras, que haviam começado com um fininho e terminado numa casa de recuperação de drogados. Agora, reabilitado do antigo vício, ele era membro daquela igreja e tomava conta daquela casa de Deus.

— Milagres acontecem quando você luta por eles — comentou Marcos com segurança. — Eu consegui aprender a ajudar a mim mesmo.

Lúcio continuava calado. A conversa estava cheirando a sermão. Lembrou-se de como a turma caçoava dos ex-viciados que careteavam e abandonavam a droga. O peso da censura era muito grande, porque fugir da droga era encarado como covardia. Marcos, porém, que já havia passado por aquela experiência, não parecia se importar com a opinião dos colegas. Continuou falando até que, encorajado, Lúcio também começou a falar. No ponto crucial, Marcos fez uma pergunta incisiva:

— Se tudo está tão ruim em sua vida, por que você não se dá uma oportunidade para tentar melhorar? Se aconteceu para mim, por que não pode acontecer para você?

— Oh, não! Não quero ser trancado em um quarto sem janela, nem ser amarrado em camisa de força ou tomar choques na cabeça!

— Você está falando em outro tipo de clínica, clínica para doentes mentais, Lúcio. Lá onde estive não existe nada disso e as portas nem são trancadas. Você pode cair fora quando quiser. Por que não tenta? Medo? Covardia? Autopiedade?

Lúcio ficou zangado:

— O quê?

— O medo e a covardia você conhece bem. Quanto à autopiedade, existem pessoas que preferem se fazer de infelizes para chamar a atenção.

— Eu não sou desses!

— Então, se você não é nada disso, por que tem medo de se olhar no espelho?

Lúcio já ia respondendo, porém a palavra espelho fez com que se calasse. A verdade é que ele nem tinha para onde ir. E precisava, desesperadamente, de alguém por perto.

— Está bem... — concordou relutante. — Vou experimentar essa casa durante três dias. Mas, se não gostar, juro que fujo e você nunca mais vai ver a minha cara!

— Está bem. Respeito a sua decisão — disse Marcos, pondo-se de pé e estendendo-lhe a mão. — Venha comigo.

Lúcio não queria aceitar aquela mão. Mas precisava. Sem ela, não teria conseguido sequer manter-se de pé.

O rei Davi

Descendo do ônibus, caminharam algumas quadras até chegar diante de um largo portão. Estavam num lugar retirado, silencioso, cheio de plantas e pássaros. Marcos abriu o portão; no espaçoso terreno à frente, havia um rapaz de costas, carpindo. Ao ouvir barulho, voltou-se. Expressão alegre, atlético, teria uns trinta anos. Deu um longo abraço em Marcos. Depois, foram feitas as apresentações. O moço chamava-se Flávio.

— Bem-vindo ao lar, amigo! — saudou, jovial. — Aqui você encontrará amigos de verdade.

Lúcio olhou desconfiado. Havia uma pequena plantação de milho já espigando e, mais adiante, uma casa comprida, baixa, antiga. Ao entrarem, o assoalho de madeira rangia em certos pontos. O interior era pintado em cor-de-rosa.

— Careta, não acha? — perguntou Flávio.

Entraram na cozinha de ladrilhos vermelhos. Do fogão a gás vinha um delicioso cheiro de comida. Dois rapazes estavam cozinhando: um, moreno, magro e alto; o outro, encorpado e sardento.

— Gente nova na casa! — anunciou Flávio, apresentando André e Levi.

Depois, mostraram-lhe o quarto. Pequeno, uma cama estreita, um guarda-roupa, cujo pé estava apoiado em um tijolo, e um criado-mudo.

— É tudo seu — disse Flávio, abrindo a cortina. — A partir de agora, esta é a sua casa e nós somos seus irmãos para ajudar você a sair dessa, entendeu? Se quiser ficar sozinho, fique. Se quiser conversar, venha. Pode cantar, gritar, correr e até ir embora, se preferir. Mas lhe pedimos uma coisa: tente ficar! No momento em que precisar de alguém basta chamar. Está bem? — Flávio parecia muito sincero.

Marcos abraçou o amigo e foi embora. Lúcio caiu pesadamente na cama. Olhando em volta, sentiu-se mal. O que estava fazendo ali, no meio de estranhos? E o que poderia esperar daqueles tipos que nem conhecia? Sentia-se um perfeito idiota.

Na hora do almoço, mal tocou na comida. Encolhido, tremendo de febre, tomou um chá preparado por Levi, que se preocupou com seu estado. A garganta seca doía.

— Alguém tem um cigarro? — perguntou com uma voz embargada.

— Não — respondeu André. — Cortar o cigarro é a nossa primeira meta.

Lúcio passou a mão na testa. Tremia de bater os dentes. Não conseguiu tomar todo o chá, e os três levaram-no para o quarto. Ele deitou, mas continuava desassossegado.

Uma hora depois, Levi escutou-o gemendo e encontrou-o rolando na cama. Olhos fechados, expressão contraída, parecia um desvairado. Levi sentou-se ao seu lado e segurou-lhe a mão:

— Nós três já passamos por essa crise e sabemos o que você está sofrendo — disse. — Acredite, é como se eu também sentisse cada espasmo do seu corpo! Vou ficar aqui para ajudar você. Está me ouvindo?

— Vá pro diabo! — respondeu Lúcio, retesando o corpo para trás e abandonando-se aos tremores.

Naquele momento, André e Flávio chegaram. Eles sentaram ao redor da cama.

— Nós também éramos viciados — confessou André. — E, se conseguimos vencer a crise, foi porque amigos nos ajudaram... e, entre esses amigos, contamos com um amigo superior, mais forte, que dá a qualquer um a força para vencer...

— Grite, xingue, se quiser! — sugeriu Flávio. — Pode até nos agredir, porque mesmo assim ficaremos ao seu lado até que passe o pior.

Lúcio rolava espasmodicamente de um lado para o outro, o corpo reagia, vibrava, contorcia-se; exigia droga. E aqueles três falando em força de vontade, coragem, firmeza, esperança, fé... Ele urrava, tentava levantar-se, atirava longe as cobertas, gritava, esmurrava o ar. Mas, pacientemente, os três rapazes tomavam-lhe as mãos e a seguravam, procurando transmitir coragem e amor.

Ao anoitecer, Lúcio estava exausto, o corpo largado sobre a cama, isento dos tremores, os olhos fixos no teto, respiração mais lenta. Aparentava prostração.

Folheando um grosso livro, Flávio começou a ler:

"Senhor, ouça a minha oração,
escute o meu grito de socorro!
Não se esconda de mim
quando estou aflito.

Ouça quando eu clamar e
responda-me depressa!

Eu me sinto frágil como a relva seca
e até perdi a vontade de comer;

Fico gemendo alto, não sou mais
do que pele e ossos..."

Flávio continuou lendo, lendo. Lúcio se mantinha imóvel, olhar vidrado, respiração curta. Estaria escutando?

Flávio prosseguiu:

"Ó Deus, não me leve agora,
não na metade da vida!

Com as suas mãos, no começo, o Senhor
criou a terra e o céu, que poderão se acabar,
mas o Senhor continuará existindo!

A terra e o céu se gastarão como roupas e,
como roupas velhas, o Senhor os jogará fora;

Entretanto o Senhor continuará eternamente
o mesmo e Sua vida não terá fim!

Nossos filhos viverão em segurança e os
descendentes deles contarão, para sempre,
com a proteção do Altíssimo!"

Quando Flávio se calou, pelos cantos dos olhos de Lúcio, corria um fio de lágrimas.

— Quem... escreveu isso? — balbuciou.

— Um rei que, como nós, também cometeu muitos erros, porém pelo poder da fé conseguiu o perdão e mereceu, por isso, que de sua descendência nascesse um Deus. É um salmo de Davi.

Lúcio fechou os olhos e mergulhou na escuridão de suas misérias. Uma frase continuava ecoando em seu espírito: "Não se esconda de mim quando estou aflito!"

O sol de uma nova esperança

Quanto tempo fazia que ele estava ali? Os primeiros dias foram angustiantes, amargos, dominados por uma sensação de impotência, revolta, desespero — pareciam uma eternidade. Marcos vinha visitá-lo, passava a manhã ou a tarde a seu lado, os novos amigos não o abandonavam.

Ora agressivo, ora ressentido, seu comportamento oscilava entre a loquacidade e o mutismo. Às vezes, letárgico, ficava deitado na cama, os olhos vidrados fixos no teto, respiração lenta, parecia morto. Inesperadamente, tomado pela fúria, expulsava os amigos, escondia a cabeça debaixo do travesseiro ou, magoado como uma criança injustiçada, chorava. Sem os efeitos da droga, seu corpo dependente vivia os momentos cruciais de sua vida; era como se ele descesse ao fundo do poço de suas misérias e subisse novamente.

Dias e dias de chuva. O céu cor de cinza parecia a projeção de seu espírito. Às vezes, mãos espalmadas sobre os vidros da janela, ficava observando a água escorrer pelas canaletas das folhas dos pés de milho em direção à terra. Tudo uma única massa cinzenta, úmida, chorosa, gelada — era desse jeito que ele se sentia por dentro.

O psicólogo foi um novo elemento a entrar em sua vida. Jovem, otimista, os olhos de um azul primaveril, a barba curta, castanho-avermelhada, Carlos era um dos orientadores da casa de recuperação. Ele inspirava confiança, tranquilidade, ria descontraído e, no meio daqueles rapazes, nada de especial havia nele que o diferenciasse dos demais. Seus olhos vigilantes e atentos, entretanto, não perdiam o menor movimento, pois sabia da importância de, principalmente nas reticências, avaliar os meandros do eu de cada um para poder ajudar o necessitado a encontrar o caminho da libertação.

Depois de quase uma semana de chuva, finalmente o sol apareceu. De uma hora para a outra, as cortinas de nuvens abriram caminho, surgiu um pedaço de céu azul e o sol aqueceu a terra encharcada.

Entrou a segunda semana. Lúcio sentia-se frágil, cansado, o corpo continuava reagindo em busca da enganosa tranquilidade oferecida pela droga, porém os acessos eram agora mais fracos, mais espaçados. No escuro túnel em que vivia, timidamente brilhavam os primeiros raios do sol de uma nova esperança. Sentia-se cansado de ficar naquele quarto, de observar as quatro paredes, de examinar o teto pintado em azul-irritante. O próprio organismo exigiu que ele abrisse a janela e deixasse o sol entrar. Olhou para a cama desarrumada, o criado-mudo sobre o qual havia uma pilha de livros e uma grossa Bíblia. Era daqueles livros que os amigos tiravam as palavras consoladoras que lhe transmitiam, enquanto lhe seguravam a mão ou lhe ofereciam um chá, ou, ainda, cabeceantes de sono, pacientemente o assistiam regurgitar o fel de seu desespero madrugadas afora. Pela primeira vez Lúcio provou a sensação de ser amado. Ele nunca tinha tido um amigo de verdade, desinteressado, que nada lhe exigia de volta e que era capaz de passar noites de vigília a seu lado só para dar-lhe assistência! Quando a mãe falava que existia gente boa no mundo, Lúcio ria, porque vivia numa esfera de gente oportunista, gente que só dava alguma coisa se recebesse algo de volta. Mas no recanto era diferente! Ali havia fraternidade, todos precisavam da ajuda de todos; ali ele sentiu aquele autêntico amor cristão do qual muitos falavam, mas que bem poucos conseguiam provar. Lúcio percebeu que o sofrimento que os havia unido era o elemento que os tornava fortes, pois, já tendo provado da mesma angústia, aqueles rapazes sabiam efetivamente o que significava o domínio da droga. Surpreso, pôs-se a pensar em como dos males pode, às vezes, surgir algo de bom — e compreendeu que havia aprendido a amar aqueles rapazes. Havia um trecho na Bíblia que ele gostava de ler. Era da carta de São Paulo aos hebreus e que dizia: "Todos nós sabemos que Ele não veio como um anjo, mas sim como um ser humano, aliás, como judeu. E era necessário que Jesus fosse como nós, os seus irmãos, a fim de que Ele pudesse ser, diante de Deus, o nosso Supremo Sacerdote, misericordioso e fiel, um sacerdote que tanto fosse misericordioso para conosco como fiel para Deus, ao lidar com os pecados do povo. Pois visto que Ele próprio agora já passou pelo sofrimento e pela tentação, quando sofremos e somos tentados, *Ele sabe como é isso, e, assim, é maravilhosamente capaz de ajudar*". A redescoberta dessa inspiração divina trouxe-lhe novo aceno de vida. Lúcio sentiu que precisava arrumar aquela cama, varrer aquele chão, arejar aquele quarto...

As semanas foram passando. Ele mergulhou na terapia do trabalho que imperava no recanto. Naquele regime comunitário, a tarefa era dividida entre todos: limpar o banheiro, varrer a casa, fazer comida, cuidar da horta, lavar, passar. Ele nunca havia chegado perto de uma panela, seus amigos machistas caçoavam, dizendo que a cozinha era própria para mulheres ou homens não muito machos. Mas ali, se quisessem comer, tinham de trabalhar.

Foi assim que Lúcio estreou como cozinheiro, desajeitadamente descascando batatas, cortando o dedo, deixando a bacia cair...

Na entrada do segundo mês, ele já cuidava da horta, os pés afundados no barro, enxada em punho, ajudando a carpir. Nunca havia plantado uma única semente e, agora, fascinado, assistia ao mistério da germinação, que, nas páginas do Livro Sagrado, era assim descrito: "A que é semelhante o Reino de Deus e a que hei de compará-lo? — havia perguntado Jesus, que em seguida esclareceu: — Ele é semelhante a um grão de mostarda que um homem tomou e lançou em sua horta. Ele cresceu, tornou-se uma árvore e as aves do céu abrigam-se em seus ramos". Havia grandes mistérios nas coisas aparentemente insignificantes da vida! O mistério da semente, que se transformava em árvore; o mistério daquele recanto, que se assemelhava ao abrigo para aves sofridas como ele; o mistério do Filho de Deus, que havia nascido para compreender e estender as mãos; o mistério do amor fraterno, que ainda medrava no coração de muitos seres humanos...

Corriam as semanas; ora o trabalho na horta, ora o jogo de futebol, ora a pintura das paredes, ora o carregar de pedras — exausto o corpo, a mente repousava, as paixões não explodiam. Lúcio começou a perceber que seu espírito ia se tornando forte. Quanto mais retesava as rédeas da matéria, maior a força da alma. Por que, antes, não conseguia dominar-se daquele jeito? O que havia ocasionado a transformação? Agora, ele falava abertamente da droga, reconhecia ter sido um drogado, porém, por dentro, sentia-se como se fosse alguém mencionando a experiência de *um outro ser.*

Levi, Marcos, André, Flávio e Carlos conversavam muito sobre isso. Cada vez mais a droga perdia a aura de tabu. Os rapazes davam o depoimento de suas vidas, expunham suas fraquezas, inseguranças, temores, discutiam sobre o futuro; quanto mais se conheciam interiormente, mais fortes se tornavam suas determinações de não reincidirem nos erros do passado. Também liam trechos de livros de formação ou da Bíblia. A oração, força misteriosa e constante, era uma nova fonte de energia que Lúcio nunca havia provado. Antes, quando ouvia falar em rezar, ele se revoltava e dizia que era coisa de velhos... Mas, agora, ele tinha fé em alguma coisa boa.

O terceiro mês encontrou-o mais disposto. A pele estava de novo corada, os olhos brilhavam límpidos, repousados, longe daquele brilho malicioso e artificial produzido pela droga. Lúcio sentia-se mais forte, o passado parecia haver sepultado seus piores momentos.

Numa reunião, Carlos comentou:

— O mundo lá fora continua existindo e é diante dele que temos de provar a nossa coragem. Os primeiros que vão querer mudar a nossa nova forma de vida são nossos próprios amigos. Quando souberem que você parou com a droga, cairão na risada e perguntarão cheios de cinismo: "Você careteou?"

Lúcio olhou pela janela. Os galhos das árvores balançavam-se ao sabor da brisa. Como um relâmpago em céu sereno, mil pensamentos passaram pela mente do rapaz.

O cheiro da erva entre as flores

Trabalho e mais trabalho, a ociosidade era uma palavra proibida no recanto. "O ócio é um dos piores vícios do homem" — comentava Carlos. "O ócio facilmente leva à fantasia, a fantasia leva ao desejo, e o desejo leva às maquinações, impelindo a vítima aos primeiros passos para realizar as exigências da carne. É preciso ter muito cuidado com a fantasia porque, no momento em que você se deixa levar por ela, já começou a executar a caminhada para trás."

Carlos falava sobre muitas verdades nas quais Lúcio nunca havia pensado. Para o garoto, as palavras eram palavras, simples abstrações, e nenhuma tinha um significado maior do que a outra. Mas ali, surpreendentemente, ele começou a aprender que certas palavras eram mais fortes, mais nobres, mais construtivas. E a mais importante delas era uma que, lá fora, na selva humana, ele nem proferia ou, quando proferia, fazia-o automaticamente, senão até de um modo irreverente: Deus. Quando Donana falava em Deus, Lúcio sentia uma inexplicável revolta, uma incontida repulsa — e o mesmo acontecia com seus amigos. Para eles, Deus não passava de um justiceiro ameaçador, mal-humorado, que, sentado em um trono de fogo, só aplicava castigos. Ao falar em Deus, Donana usava um tom pungente, queixoso, assustadiço, pois o Deus dela era triste e cheio de proibições: "Não faça isso, que Deus castiga!", "Não faça aquilo, que Deus manda você para o inferno!", "Não tenha tal pensamento, que é pecado!", "Não deseje tal coisa, porque é proibido!" E como é possível amar um ser superior para quem tudo é feio e proibido? Em toda a sua vida, ninguém havia lhe mostrado o lado alegre e positivo do amor; somente ali, no recanto, onde em agonia tinha ido em busca de uma transformação, é que havia provado o doce consolo de saber que Deus era amor e não ódio. E o mais surpreendente: não havia aprendido o novo conceito através de sermões, mas através da convivência e da troca. O silêncio do exemplo de seus amigos havia sido o melhor mestre. Por que, antes, não lhe haviam dito: "Segure a mão de seu amigo quando ele estiver numa pior, e ele sorverá bondade de seu coração", "Divida-se com alguém, que você será o embaixador da paz", "Saiba ouvir, que a misericórdia também se encontra no silêncio"? Essas novas descobertas, lentas e sucessivas, faziam-no começar a crer, naturalmente, na existência de um princípio emanador de todos esses bons momentos e esse princípio só podia ser único, superior e muito mais inteligente do que os homens. Porque infelizes escravos da carne cheia de paixões, eles dificilmente entendem o que é a liberdade do amor desapaixonado e puro. E, agora, que havia tomado conhecimento desse princípio que lhe dava um novo sentido de vida, não seria até estupidez renegar o bem provado? Renegar a paz e voltar à autodestruição não seria renegar a própria inteligência?

Generosidade, fraternidade, paz — valores que passavam a ter um novo sentido para Lúcio, em contraposição à realidade da dor, do desespero, da violência, de destruição e da morte que a mídia, ávida por sensacionalismo, continuava histericamente apregoando: "Sangue de camponeses no caminho da droga", "Apreendidas toneladas de maconha", "Em sua rota de violência, a droga faz novas vítimas", "Menor drogado extermina a família", "Explosão e morte entre quadrilhas na rota do narcotráfico", "O Terceiro Mundo sobrevive à custa da droga e da violência". A não ser quando se referia à medicina, não existia um único noticiário que vinculasse a palavra "droga" à palavra "paz"...

Livre do remorso autodestruidor, Lúcio compreendeu o quanto ele era importante e responsável perante o mundo. Ele possuía dignidade, não era simplesmente a máquina em que o poder administrativo tenta transformar cada homem para obrigá-lo a pagar sempre, e cada vez mais, impostos. Ele possuía um nome, não era um número e, sendo um homem, tinha o direito de viver como um Homem. Se o mundo estava apodrecendo, era graças aos milhares de seres indiferentes e insensíveis como ele havia sido até ali. Como seus tropeços passados não significavam obrigatoriamente novas quedas no futuro, pela força do livre-arbítrio e como senhor de sua liberdade, ele poderia escolher o seu novo caminho. Como era bom sentir-se senhor de si mesmo, não apenas um joguete de suas próprias emoções!

Lúcio já havia vencido os noventa dias do primeiro estágio de quatro meses, o período de desintoxicação. Agora, as coisas pareciam um pouco mais suaves, porque havia acontecido uma total revisão em sua vida. Além disso, tinha a permissão de sair um pouco, acompanhado por um ou dois amigos. Eles geralmente saíam ao entardecer, faziam passeios curtos, davam volta no quarteirão ou iam até a pracinha a duas quadras do recanto.

Como havia sido emocionante a primeira saída! Sons que há muito tempo ele não ouvia, escutava agora: risadas, assobios, latidos, gritos de crianças, buzinas, vozes — a habitual sinfonia da vida que seus ouvidos embrutecidos antes não eram capazes de distinguir. Renascia para aquele concerto de bons momentos, oposto ao tenebroso e cruel túnel de negras sensações ilusórias onde se havia sepultado! Era fantástico sentir-se novamente vivo e Lúcio demonstrou tudo isso com tal alegria que os amigos ficaram comovidos.

Numa tarde muito azul de meados de março, André e Ivan haviam saído. Lúcio descascava batatas para o jantar e Flávio preparava massa de pão; este, ao abrir a geladeira e notar que faltava fermento, afligiu-se. Lúcio continuava trabalhando tranquilamente, já não era nem a sombra daquele garoto desesperado que, um dia, tinha vindo pedir refúgio naquela casa. Além do mais, já haviam permitido que saísse acompanhado e, em breve, iniciaria o segundo estágio de mais quatro meses, o de reeducação; nos quatro meses seguintes, seria preparado para reintegrar-se na sociedade. O bar ficava na esquina, a menos de vinte metros. Não poderia arriscar, pedindo a ele que fosse comprar o fermento necessário? Seria coisa de cinco minutos e, além disso, o comportamento de Lúcio era excelente...

O bar ficava em frente à praça. Jacarandá florido, criançada brincando, um ônibus passou soltando fumaça. Lúcio comprou o fermento, conversou com o vendedor e, ao sair, foi atraído pelas flores da pracinha. Atravessando a rua, sentou-se em um banco de cimento que dava costas para outro. Ali, ficou contemplando o sol, o verde, as abelhas, a dança das borboletas no tapete azulado de pétalas que forravam o chão. Pensando em Érica, o coração encolheu, a visão turvou. Érica havia escapado do túnel de outra maneira. Como ele desejava que ela tivesse tido a oportunidade que ele estava tendo agora! Recomeçariam a vida, construiriam um lar, seriam felizes...

Inesperadamente, a fragrância das flores foi invadida por um cheiro malicioso, contundente, sobressaltante: a erva!

Aflito, Lúcio olhou para trás. De costas, um solitário desconhecido fumava...

O impacto congelou-o. O cheiro tentava, ele sentiu que as mãos tremiam angustiadas, desejosas. O corpo voltava a exigir a droga? Os julgamentos começaram a conflitar em seu cérebro, onde o córtex exigente ordenava a submissão da carne. O estímulo e a resposta... Carlos, André, Flávio, Levi, Marcos, Gás, Donana, o filho morto, Érica... a luz no fim do túnel... Deus...

Com desespero, cravou as unhas no pacote de fermento. O desconhecido olhou com o rabo dos olhos e sorriu diabólico ao perceber o conflito íntimo de Lúcio. Uma rajada de vento levou embora o cheiro da erva e trouxe novamente a pureza do aroma azul, o voo das abelhas, a dança das borboletas. O Bem e o Mal. A virtude e o vício. "Não se esconda de mim quando eu estou aflito!"

A fumaça da erva voltou, tentadora, às suas narinas. Como seu cérebro, o mundo também era dividido em dois. A vida se resumia a uma verdade muito difícil: dizer sim ou dizer não.

Competia a ele escolher.

AUTOR E OBRA

ARQUIVO DO AUTOR

Escrever este livro foi como cumprir uma missão que me inquietava. Sempre que ia às escolas, as professoras me perguntavam: "Por que você não escreve um livro sobre drogas? Seria tão bom para nossos leitores". Durante muito tempo, o desafio latente cutucou minha inspiração. Mas como escrever sobre uma realidade que me era totalmente desconhecida? E onde pesquisar? Foi assim até que, certa vez, viajando a Curitiba para concretizar negócios editoriais, algo de inesperado aconteceu. Lá estávamos nós, discutindo sobre a possibilidade de escrever sobre temas bíblicos, quando o diretor, Carlos T. Grzybowski, olhou-me desafiadoramente e perguntou-me à queima-roupa: "Por que você não escreve um livro sobre drogas? Posso ajudá-lo, se quiser". Carlos tinha competência para isso porque, além de psicólogo, cuidava da recuperação de drogados e de casas para esse mesmo fim. Eu seria covarde se não topasse o desafio e, mais tarde, retornando a Curitiba numa viagem especial, pesquisei tudo que precisava. Carlos levou-me a casas de recuperação, orientou-me sobre o que eu deveria conhecer a respeito do pavoroso mundo das drogas e pôs-me em contato com ex-drogados, que, por sua vez, me relataram casos de arrepiar. A segunda batalha foi para editar o livro, rejeitado na primeira tentativa. Havia algo de errado, como se a intenção de publicá-lo estivesse sendo dificultada para que a luz do fim do túnel fosse apagada para sempre. Resolvi, então, dar um tempo e, meses mais tarde, reformulei os originais. Por trás das dificuldades que tive para escrevê-lo e editá-lo, houve muitas outras, mas, agora, finalmente, *Uma luz no fim do túnel* será lido. Espero que tantas peripécias venham a ser proveitosas para algum leitor e que este livro possa cumprir a missão para a qual nasceu: iluminar nossos jovens para que jamais mergulhem no horrível poço da alienação das drogas.

GANYMÉDES JOSÉ

Nota do Editor: Ganymédes José nasceu em Casa Branca, no interior de São Paulo, em 15 de maio de 1936, e faleceu no dia 9 de julho de 1990.